決定版　女人源氏物語　二

瀬戸内寂聴

集英社文庫

目次

朧月夜のかたる　朧月夜《おぼろづきよ》　9
朧月夜のかたる　恋闇《こいやみ》　35
藤壺のかたる　賢木《さかき》　59
明石の尼君のかたる　明石《あかし》　87
紫上のかたる　紫《むらさき》　113
末摘花の侍女のかたる　末摘花《すえつむはな》　137

六条御息所のかたる　みをつくし　165
明石上のかたる　松風《まつかぜ》　193
藤壺の侍女王命婦のかたる　薄氷《うすらひ》　217
夕顔の侍女右近のかたる　初瀬《はつせ》　243
解説・連城三紀彦　272
決定版解説・江國香織　280

決定版 女人源氏物語 二

朧月夜

★

おぼろづきよ

朧《おぼろ》月《づき》夜《よ》のかたる

あの春の夜の夢のような朧月夜《おぼろづきよ》に、夢よりもあえかなあのお方とのはじめての出逢《であ》いがなかったならばと、わたくしは幾十度、いえ幾百度、自分の心に問いつづけてきたことでしょう。

あの夜さえなければ、わたくしの今の切ない心の悶《もだ》えや苦しみもまた、生まれはしなかったのです。そのかわり、朝も夜も、夢の中までも、わたくしをこの世の外へ連れだし、天上に舞いあがらせてくれるような、あのお方の光り輝くおもかげを、こうも身近に熱く胸乳《むなぢ》の奥に抱きしめる喜びも、また、得られなかったと思われます。

恋とは、喜びよりも悲しみや苦しみをより多く伴うものとは、それまで読みふけった物語や、口さがない女房たちのおしゃべりから察しないはずもなかったも

の の、十七歳の春まで、飛ぶ鳥落とすといわれる権力者右大臣家の六の姫として、雨にも風にもあてられず、深窓にいつくしみ育てられたわたくしには、兄さえ顔もさだかには見られないほどきびしく護《まも》られていて、恋の対象になる若い公達《きんだち》など、ちらりとも逢う機会さえなかったのです。

現実の恋は一向に知らないまま、物語の好きなわたくしは、それらの中の姫君に訪れる恋の美しさに眩惑《げんわく》されて、わたくしもせめて生涯に一度は、めくるめくような美しいはげしい恋に見舞われたいと、ひそかに憧れないことはなかったのでした。

そんな想《おも》いは、厳格な家庭の中では、ほのめかすことさえつつしみがないと叱られるので、ひとり胸の奥に秘めつづけていましたが、わたくしより三つ年上の乳人子《めのとご》のかえでは、女童《めのわらわ》のころから現在の女房としてまで長年身近に仕えてくれるうち、十四、五から急に大人びてきて、さまざまな朋輩《ほうばい》たちから聞いたなまめいた噂《うわさ》を、こっそり教えてくれるのでした。

どの公達が、女房たちに評判がいいとか、衣裳《いしょう》の好みは誰が最高だとか、笛ならどなただとか、若い公達の噂の出るなかで、誰よりもぬきんでて、女房たちの憧れを一身に集めているのがあのお方だったのです。

「光君《ひかるのきみ》さまになら、一度抱かれてすぐ息をひきとってもいいと思っている女たちがほとんどでございます」

「まさか」

「いいえ、嘘《うそ》ではございませんとも」

「かえではお見かけしたことがあって」

「残念ながら一度も。でも、わたくしのまたいとこが、あちらの二条院《にじょうのいん》の女房に上がっておりますので、里帰りの時などによくお噂をうかがいます。それはもう、仕える者たちにもおやさしくて、わけへだてがなく、みんな満足しきってお側《そば》にいるようでございます」

「でも、ごりっぱな北の方がいらっしゃるのでしょう」

「はい、元服あそばした時の添臥《そいぶし》のお方が、左大臣家のお姫さまでございます。でも、北の方の葵上《あおいのうえ》さまとはなんだか、しっくりいってらっしゃらなくて、ずいぶん方々にお通い所が多いということですわ」

「そんな誠意のない方はいやだわ」

「だって、あれだけすてきな魅力のあるお方なら、それは仕方がないと思います。女たちのほうが夢中になってみんな憧れてるのですもの」

「かえでもそのひとりなの」

「それはもう、一度でも可愛《かわい》がっていただければ、その場で殺されても後悔しませんとも。でも、そんなことは夢のまた夢ですわ」

陽気なかえではそう言って、さもおかしそうに声をあげて笑ったのです。

幾度もあのお方のお噂を耳にするうち、わたくしの中にもまだお逢いしたこともない光君さまが、いつか読んだ物語の主人公のように、くっきりと胸に描かれてまいりました。

十七歳の春になったら、わたくしが東宮妃《とうぐうひ》になるのだということも、わたくしは親たちから聞かされる前に、かえでから教えられたのでした。それは十六歳になったばかりの正月でした。

「姫君さまが東宮さまのお妃《きさき》さまにおなりになったら、光君さまにも度々お逢いできるのではないでしょうか」

「誰が東宮妃になるのですって」

「まあ、姫君さまに決まっているじゃございませんか。それはもう、このお邸《やしき》では、とうの昔から決められていることですもの。だから、風にも雨にもあてないように大切にかしずかれていらっしゃるのです」

「知らなかったわ、そんなこと」

わたくしはかえでにはそう言って鼻白《はなじろ》みましたが、言われてみると、思い当たらないわけでもないのでした。

わたくしは姉妹では一番下の六の君と呼ばれています。長姉の弘徽殿女御《こきでんのにょうご》とは、親子ほどの年の差があります。もうひとりの姉は、光君さまには異腹の弟君に当たる帥宮《そちのみや》さまの妃に上がっており、四の君と呼ばれている姉は、左大臣の御長男の頭中将《とうのちゅうじょう》さまと結婚しています。

家にはすぐ上の姉の五の君と、わたくしだけが残っているのでした。弘徽殿女御には父もわが娘ながら頭が上がらないようなところがあって、気位が高くて勝気な女御は、ごく稀《まれ》に里帰りしても、この上なく威張っているので、その度、邸じゅうが怖がって女房たちもちりちりしています。わたくしなど顔を見ればお説教とお叱言《こごと》なので、煙たくてなりません。二言めには、

「そんなことでは御所へも上がれませんよ」

と叱るのが口癖でした。

「貴族の娘と生まれたからには、お后《きさき》の位に上り、国母《こくも》になるのこそ理想です。いつでもお后になれる教養を、身にしっかりつけていなければならないのですよ」

と口やかましく言って、手習いも歌も音楽もと、わたくしたち姉妹につめこませたのです。姉妹の中でも美貌で評判だった四の君の結婚が、弘徽殿女御の思惑に反した上、政敵ともいうべき左大臣家の頭中将さまが、姉としっくりせず、ほ

とんど寄りついてもくださらないので、女御の御機嫌は常に斜めなのです。末の妹のわたくしこそ、宮中に入れて、理想通りにしようと考えていたとしても不思議はありません。

かえでに聞いて十日もたたない頃、わたくしは父と里帰り中の女御に呼び出され、来年の春に東宮妃に上がるから、そのつもりでいっそう身もつつしみ、諸芸に精を出すようにと、申しわたされてしまいました。

東宮は、帝《みかど》と弘徽殿女御の間にお生まれになった親王《みこ》で、桐壺更衣《きりつぼのこうい》がお産みになった光君さまには、御兄君にあたられます。

桐壺更衣を、帝がそれはもう歴史にも書き残されそうなほど、めざましく御《ご》寵愛《ちようあい》あそばされたという話は、女房たちの間では、今もまるで物語のように語りつがれています。夜も昼もなく帝が片時もお側からお離しにならないので、他の見捨てられた女御や妃たちが、それはもう目に余る嫉妬と意地悪の限りを尽くして、お可哀《かわい》そうに、おとなしい気の小さな更衣は、いじめ殺されたようなものだと聞いております。光君さまをお産みになって、まだ光君さまが御母上のお顔も覚えない頃に、はかなくなっておしまいになったということです。

その時の帝のお嘆きは一方《ひとかた》ではなく、そのまま、帝も更衣の跡を追われるのではないかと、案じられたということでした。帝がお気持を取りもどされたのは、桐壺更衣に瓜二《うりふた》つといわれた藤壺《ふじつぼのにょうご》女御を、内裏《だいり》にお迎えになってからだと申します。

桐壺更衣をいじめた筆頭が、弘徽殿女御だと、女房たちの噂から知った時の、わたくしの恥ずかしさは一通りではありませんでした。口を開けば、身分とか家柄とかばかりをあげつらう女御の権高《けんだか》い態度は、身内であるだけにやりきれない想いがするのです。

東宮はわたくしとは六つちがいで、わたくしの四、五歳までは、年に、二、三度右大臣邸にもおいでになりましたが、元服なさってからは、お逢いすることもなく、おもかげさえ記憶の中ではおぼろになっています。内気なおとなしいお方で、気の強い母君に圧倒され、隠れるような影の薄い印象が、子供心にも残されています。

わたくしとは叔母《おば》、甥《おい》に当たる濃い血縁になります。弘徽殿女御は、自分の身内で宮中をしっかりと固めてしまいたいという心づもりなのでしょう。

去年、藤壺女御が皇子をお産みになった折に、帝がたいそうお喜びになり、東宮の御母であり、ずっと早くから帝のお側にお仕えしている弘徽殿女御をさしおいて、藤壺女御を中宮《ちゅうぐう》にお立てになってしまわれたので、憤懣《ふんまん》やるかたなく、それ以来ますます藤壺中宮や皇子を呪っていられるのです。二十余年も東宮の御母として女御で居つづけられた立場としては、無理もないお腹立ちとはいうものの、何かにつけ、あまり露骨に藤壺中宮を嫌われるので、人々は遠い昔の桐壺更衣のことまで思い返し、ひそひそといやな噂をしあっているようでした。それもこれもかえでがこっそり話してくれたことですけれど。

この頃から、わたくしは時々、弘徽殿の局《つぼね》に呼ばれ、少しでも御所の空気に慣れるようにと、躾《しつ》けられていました。

「いいですか、いつまでも子供っぽくぼんやりしていては駄目ですよ。帝はまもなく東宮に御譲位なさるお心づもりなのです。すると東宮が御即位なさるのも時間の問題ですよ。あなたは東宮妃になってさえいれば、すぐ女御になれるのです。そのつもりで、今から人にあなどられないようにしっかりしないと、数多い競争者に負けてしまいます」

弘徽殿女御は、そんなふうにわたくしの教育に力をお入れになるのですが、わたくしは人と争ってまで東宮の愛を勝ち得たいという気持が一向におこらないのです。

そして、いよいよあと二か月したら東宮妃として入内《じゆだい》すると決められていたあの春の日……、花の宴《うたげ》の日とはなったのです。

紫宸殿《ししんでん》の前庭の左近《さこん》の桜の宴が催されるというので、宮中では早くから、晴着の心配などして女房たちが騒いでいました。

当日は今を時めく藤壺中宮と、東宮が、玉座の左右のお席に着かれるというので、弘徽殿女御は憤懣やるかたなく、もしかしたら、見物をお断りするかもしれないというので、女房たちは不安がっていました。それでもさすがに、この一年に一度の花の宴の見物だけは、女御も見逃しがたいとみえ、出席なさることに決まりました。女房たちの喜ぶさまはたとえようもありません。わたくしも、弘徽殿女御のお供で見物させていただけるというので、嬉《うれ》しくてなりませんでした。

あの日の空の晴れやかさも、照り映えた満開の桜の色も、心にたのしい鳥の声も、何ひとつとして忘れることもありません。親王《みこ》たちや上達部《かんだちめ》たちの詩の競作や、舞楽がありましたが、そのどちらの場合も、光君さまが群を抜いてすばらしく、それはもう人々の賞賛を一身にお集めになったのです。

わたくしは弘徽殿女御のすぐ側に侍《はべ》っていましたので、お近くに東宮のお姿も藤壺中宮もよく見分けられました。東宮は帝によく似ておいでになり、上品で優雅で、見るからにおやさしそうな方でした。藤壺中宮は、それこそ目前の桜も色あせて見えるようなはなやかなお美しさでした。女のわたくしでも惚《ほ》れ惚《ぼ》れするような今を盛りのあでやかなお方で、どう身びいきに見ても、四十を過ぎた弘徽殿女御とは比べようもないのです。わたくしは、その日はじめて弘徽殿女御が可哀そうになりました。

光君さまの美しさは、桜よりも藤壺中宮よりも、もっとすばらしいもので、春の日の光という光が、このお方おひとりの上に集まっているようなまばゆさでした。

入り陽《ひ》のはなやかにさしそう頃、東宮の御所望で、光君さまが青海波《せいがいは》を一さし舞われた時には、御簾《みす》の中の女房たちがつつしみきれずいっせいに、ため息をもらしたほどでした。

ああ、その瞬間、わたくしは生まれてはじめての恋にとりつかれてしまったのです。これまでさまざまな噂話から、自分の胸に思い描いていた物語の主人公のような貴公子より、はるかに美しいお方は、この世の方とも思われませんでした。東宮とは御兄弟なので、どこかおもかげに似通ったところもありますけれど、比べれば東宮が見劣りしてしまいます。その日の宴は時間がたつにつれて陽気にわきたち、上達部たちも入り乱れて舞いさざめき、見物のわたくしたちも、心が浮きたち通しでした。

夜になってようやく宴も果てました。この夜は弘徽殿女御が帝の御寝所に上がられたので、女御の面目もお立ちになり、女房たちもほっとした表情でほとんどの者が女御について清涼殿《せいりょうでん》の御局へ上がってしまいました。

わたくしはわずかの女房たちと、ひっそりした弘徽殿に取り残されていました。晴れたまま暮れなずんだ空には、如月《きさらぎ》の二十日あまりの月が明るく上って、花の精がさ迷い出しそうな幻想的な風情でした。

はなやかな宴の後のなんともいいようのない淋《さび》しさがわたくしを感傷的にして、わびしい御局の中に早々と寝るのも惜しく、廊下にひとりさ迷い出ていきました。春の朧月を見ていると、魂が我にもなく自分の体からあくがれ出ていきそうに、頼りない気持になります。まだ瞼《まぶた》の裏には、光君さまのおもかげが花の渦の上に揺れただよっているようです。

わたくしは、思わず心の底からわき上がってくるときめきを抑えかねて、

「照りもせず曇りもはてぬ春の夜の
　朧月夜《おぼろづくよ》に似るものぞなき」

と口ずさみながら歩いていました。

その時です。誰もいないと思っていた廊下のかげからいきなり片袖を摑《つか》まれてしまったのです。わたくしは恐ろしさのあまり、

「あ、いや。誰?」

と、口走っていました。相手は、

「何もこわがることはないのですよ」

と言い、

「深き夜のあはれを知るも入る月の

　おぼろけならぬ契りとぞ思ふ」

と言いながら、いきなり細殿《ほそどの》にわたくしを抱きおろして、戸を締めてしまいました。あまりの思いがけなさに呆《あき》れはてて、ただもうこわさにうち慄《ふる》えながら、

「誰か来て……」

と、人を呼ぼうとしても声がつづきません。相手はまだわたくしを柔らかく抱きしめたまま、

「わたしは誰からも何をしても許されている者ですから、人を呼んでもちっとも困らないのですよ。いい子だから、さ、安心して、おとなしくしていらっしゃい」

と言う甘い声にはっとしました。昼間、詩の韻《いん》の語を引きあてた時、

「わたくしは春が当たりました」

と、さわやかにおっしゃったあのお声、一度聞いたら耳にこびりついて離れない光君さまのお声ではありませんか。そうとわかると、ほっとすると共に、恥ずかしくやるせなく、そうかといって恋心の全くわからないかたくなな女と思われたくもないという気がして、心も空になってしまい、全身から力という力が抜け

てしまいました。光君さまのなさることの思いがけなさに、強くもあらがうことができないのです。死にたいほどの恥ずかしさと怖さと、どこやらに嬉しさが入り交じって、自分でも何がどうなっているのか、頭がぼうと霞《かす》んでしまって、夢心地になっていました。あのお方はまるでこわれものでも扱うようなこの上なくやさしい手つきで、わたくしのすべてをさぐり、

「ああ、可愛い、食べてしまいたい」

と、ため息のようにわたくしの耳にささやかれるのです。その息がかぐわしく甘く、わたくしはいっそう魂もそぞろに、宙に浮いたような気分に漂っていました。無限に長い時間が過ぎたように思い、わたくしはあの方の胸の中で魂を失っておりました。

「ああ、くやしいほど早く夜が明けてしまう。まだ怖いのですか。いつまでも慄えて……何も心配することはないのですよ。さ、お名前を教えてください。でないと、お便りのしようもありません。このまま、これっきりで終わらせようとは、まさかお思いにならないでしょう」

と、しみじみ囁《ささや》かれますと、心も身もとろけてしまいそうになります。それでも、東宮とのお約束のこともあり、桐壺更衣への恨みから光君さままで目の敵《かたき》と憎んでいる弘徽殿女御のことも思い合わせると、ただもう、この成行きがおそろ

しく切なくどうしてよいやらわからず、
「うき身世《み》にやがて消えなば尋ねても
　草の原をば問はじとや思ふ」
とつぶやくのがようやっとでした。ほんとうにこの方は、もしわたくしが名乗らなければ、わたくしが悲しみのあまり死んでしまっても、草のおいしげった墓を探しになどとうてい来てはくださらないだろうと思われるのでした。
「これはしまった。言いそこねましたね」
と、おっしゃって、
「いづれぞと露のやどりをわかむまに
　小笹《こざさ》が原に風もこそ吹け
うるさい世間の噂がふたりの仲をさくのを恐れるだけなのです。そちらが御迷惑でさえなければ、わたしのほうはなんの遠慮をしましょう。でも、名乗ってくださらないところをみると、もしかしたら、わたしを避けてしまうおつもりなのでしょうか」
など言いも終わらぬうちに、女房たちが起き出す気配がして、弘徽殿女御が間もなくお下がりになるので、それを知らせに来る女房や、お迎えに上がる女房たちが、急にざわざわ動き出す様子が気味悪いほど身近に聞こえ始めました。気がせいて、身づくろいもそこそこにいそいでお互いの扇だけを取りかえて、今朝の証《あかし》にして、もう一度わたくしを痛いほど抱きしめ、あわただしくあの方は去っていらっしゃいました。

その日は早く、内裏の北門から、あらかじめ迎えに来ていた車に乗って、右大臣邸へ帰ってきました。車の中でも、部屋に帰っても、あの朧月夜に見た夢のような出来事が、心から片時も離れず、想いは夢と現《うつつ》のあわいを頼りなくただよっているばかりです。夢ではない証に軀《からだ》の芯に秘めやかな痛みが残りうずいています。

お通い所も多く、六条御息所《ろくじょうのみやすどころ》のような高貴なお方で、長くつづいている御関係もあれば、最近は二条院に、どこからか若々しい女君《おんなぎみ》をお連れになって、たいそう秘密めかしく大切にかしずいていらっしゃるとか、これまでさりげなく聞き流してきたあの方に関するお噂のすべてが、なまなましくよみがえってきて、早くも息苦しい嫉妬めいた気持に心も波立ってまいります。そうでなくても、もしこの秘密がわかれば、父の右大臣や弘徽殿女御が、どんなに落胆し怒り狂うかと思っただけで、胸がふさがります。

家族に憎み呪われている相手と、よりによってこんなことになるとは、なんという前世からの因縁かと悲しくてたまりません。

そうするうちにも日一日と、東宮に上がる日が近づき、女房たちがその支度に忙しく縫ったり畳んだりする中で、わたくしひとりは、人知れず泣いてばかりいるのでした。探そうと思えば、わからないはずもないものを、あれから一か月近くたってもあの方からまだなんの音沙汰もないのは、はじめから、たわむれのおつもりだったのかと今更に恥ずかしく、またある時は、いや、たぶん、もうわたくしの身分を尋ねあてて、仲の悪い右大臣の娘とわかって、うとましくなられたにちがいないなど、あれこれ想像することの苦しさは、かつて味わったこともないものばかりでした。

一か月が過ぎた弥生《やよい》の二十日あまりに、右大臣邸で恒例の弓の競技会が開かれました。

上達部、親王たちが大勢お集まりになり、試合の後では例年のように父の自慢の藤の宴がはじまりました。何かにつけて派手好きの家風なので、新築の御殿も当世風にはなやかに飾りつけ、客を招いていたのです。

花の甘い香りに人々の衣裳にたきしめた香の匂いがからみ漂い、濃密な春の宵をいやが上にも艶《つや》やかに彩っています。

光君さまは、はじめから何か御用があるとかでお断りがあったのに、父は夜の宴にだけでもお出まし願いたいと、しつこくお迎えを出したようです。

わたくしはもしかしたら、今夜こそあのお方が探し出してくださり、お目にかかれるかもしれないという期待と、いや、いらっしゃらないのは、わたくしのことをすでに気がついて、右大臣の娘とわかり、避けていらっしゃるにちがいないという推測が入り乱れて、たまらなく悩ましいのでした。

断りかねて、光君さまが夜になってから御到着になったという知らせが、女房たちの間に、風より早く伝わりました。女房たちもまた一目でも、物陰からなりと拝したいという気持が強いのです。こんな時に偵察好きの女房が必ずいるもので、早くも見てきたことを得意気に報道します。

「なんてすてきでしょう。他の殿方がみんな格式ばって黒の束帯《そくたい》の礼装でお見えになったのに、光君さまおひとりが、桜襲《さくらがさね》の唐織物《からおりもの》の御直衣《おんのうし》に、葡萄染《えびぞめ》の下襲《したがさね》の裾を長くひいて、それはもうお上品でなまめかしくて、うっとりしてしまうわ。花の色香も顔負けよ」

それを聞いただけで、わたくしにはあの夜のあのお方から移された言いようのないかぐわしい匂いが、何日も肌から消えなかったことを、悩ましく思い出すのでした。

あの夢とも現ともわからない短い逢瀬《おうせ》の出来事は、日が経《た》つにつれて、ありありとことこまかな点までも、記憶の中からよみがえってくるというのは、なぜなのでしょう。

数えきれないほど繰り返し反芻《はんすう》するうち、目を閉じただけで、あの方から受けたすべての痛みも陶酔も一瞬のうちに全身をかけめぐり恍惚《こうこつ》の淵《ふち》へ投げこまれるようになっていました。

藤はわたくしたち姉妹のいる寝殿の前庭に咲いています。今夜は御格子《みこうし》も皆引きあげて、遅くまでつづいている管絃《かんげん》の遊びの音色を聞きながら、篝火《かがりび》に映える藤波を見物しようというわけでした。

女房たちも端近くへ出て、御簾の外に虹のように出衣《いだしぎぬ》を殊更らしく出してひしめいていました。

わたくしは東の妻戸《つまど》の奥の部屋で、五の君と二、三人の女房たちだけで風に運ばれてくる管絃の音《ね》を、物静かに聞いていました。心に思いつづけているのはあのお方のことばかりでした。

その時です。ふっと妻戸の御簾がゆれ動いたかと思うと、

「気分がすぐれないところへ、今夜はお酒の無理強いをされて、すっかり悪酔いしてしまいました。恐縮ですが、こちらの姫君さまたちに、しばらくかくまっていただきたいのですが……」

と言うより早く、御簾をかずくようにして、ひとりの貴公子が上半身を差し入

れているではありませんか。

わたくしはもうあのお方が御簾にお手をかけられた時から、それと察して、小さな慄えをとめることもできませんでした。あの匂いをどうして忘れることができましょう。あのお方の匂いは、部屋に薫《た》きこめていた名香も消されるほどのかぐわしさなのです。

「まあ、困りますわ……。高貴の方にお頼りになって助けを需《もと》めるなどは、とかく身分のいやしい下々《しもじも》のすることですわ。あなたさまのようなお方がそんなことをあそばしてはいけません」

と女房のひとりがたしなめましたが、光君さまは一向にひるむ様子もなく、ゆったりと部屋のうちを見まわして、催馬楽《さいばら》を口ずさみはじめられたのです。

「石川の、高麗人《こまうど》に、扇を取られて、からき目をみる……」

催馬楽の句は帯を取られてなのに、帯を扇と言い換えたわけを知っているのは、わたくしひとりです。事情のわからない女房が、

「まあ、帯ではなくて扇ですって。ずいぶん変わったおかしな高麗人ですこと」

と答えるのを、光君さまは聞き流して、長押《なげし》に寄りかかって、ゆったりとしていらっしゃいます。

わたくしはもう、ものも言えず、ただただ抑えようとしても抑えきれない悩ま

しい吐息だけがあふれ出てくるばかりでした。そんな気配が早くもあのお方のお目にとまったのでしょうか。光君さまはさりげない様子でわたくしのほうへにじり寄られ、あっという間もなく、几帳《きちょう》越しにわたくしの手を押さえておしまいになりました。

「あづさ弓いるさの山にまどふかな
　ほのみし月の影や見ゆると」

と、ゆったりと歌いかけられ、

「なぜでしょうか」

などとつぶやかれます。わたくしを探して、ここにたどりついたというお歌の意味と思うにつけ、もう抑えようもない嬉しさがこみあげてきて、

「心いる方《かた》ならませばゆみはりの
　つきなき空に迷はましやは」

と答えずにはいられませんでした。

心からわたくしを思って探してくださっているなら、道にお迷いになることなどないでしょうにと、早くもうらめしそうな甘えた気持になるのでした。

取られた掌《て》に、あのお方のお力が加わり、ようやく見つけたよと、その手が囁いてくれているようでした。

そうなってしまっては、もう恥も危険も忘れ果てて、わたくしにあのお方を拒む力などあり得ようはずもないのです。いつのまにか、光君さまをひそかに通わせているということが、家の者たちに知られてしまいました。

父や弘徽殿女御にどんなに叱られたかは、もう思い出したくもありません。なんと叱られても、わたくしが強情にあのお方をあきらめるとは言いませんので、ほとほと手を焼き、親たちのほうがあきらめるようになりました。

何事もなかったと取り澄まして東宮妃に上がることは、あまりにも畏《おそ》れ多いので、不始末があったことにして、「御匣殿《みくしげどの》」（装束を調える所に仕える女房）として宮中に上がり、女房のひとりとして宮仕えすることになりました。真面目《まじめ》に勤めさえしていれば、いつの日か東宮があわれをかけてくださろうやもしれぬというのが、弘徽殿女御の魂胆のようでした。

宮仕えしたほうが光君さまとの逢瀬が恵まれやすいので、わたくしはかえって宮仕えは苦になりませんでした。

そのうち、予定通りに桐壺帝《きりつぼてい》が御譲位あそばし、東宮が御即位して朱雀帝《すざくてい》となられ、藤壺中宮のお産みになった幼い親王が東宮にお立ちになりました。

桐壺院に従って藤壺中宮も御所を出られ、院暮らしをなさるようになり、かえってのどやかで誰に気がねもない御自由な御様子がお幸せそうでした。

弘徽殿女御は大后《おおきさき》に上り、久しぶりに満足そうです。

そうこうするうち、あのお方の正妻の葵上さまがお産の後でお亡くなりになり、この御看病とお葬式の騒ぎで、わたくしたちの逢瀬はすっかり間遠になってしまいました。

かえでも今は中納言《ちゅうなごん》の君《きみ》と呼ばれて、わたくしの宮仕えについてくれています。光君さまとの連絡や手引きには、なくてはならない頼もしい理解者なのでした。またあのお方の身近の情報係も昔ながらにつとめてくれています。

噂の中でも、葵上さまの死にざまが、六条御息所の生霊《いきりょう》にとりつかれたものらしいなどというのは、あまりおどろおどろしくて、聞き苦しいものでした。

日頃はあまり気があわない北の方だと、光君さまからも聞いていたのに、葵上さまがお亡くなりになってからのあのお方の傷心ぶりは、不思議にも奇異にも感じられます。わたくし以外のお通い所もふっつりと夜離《よが》れなさっているようで、ただただ二条院で幼い姫君をお相手にひっそりと暮らしていらっしゃる御様子なのです。

二条院の幼いお方のことは、わたくしも光君さまから、いつとはなく洩《も》れ聞いております。

「ふとしたことで引き取ることになったゆかりの人なのです。まるでまだねんねで、お人形遊びが嬉しいくらいだから、やんちゃな姫をひとり育てているような気分ですよ」

などお話しなさる時のなごやかな笑顔を見ては、一向に嫉妬めいた気持も起こらないのでした。

中納言の君が、葵上さまの満中陰《まんちゆういん》（四十九日）も明けた頃、わたくしにそっと囁きました。

「今、世間で最も噂の中心になっているのは何か、ご存じですか」

「いいえ」

「まあ、そんなにのんきにしていらしていいものでしょうかね。光君さまは正妻を亡くされたので、今度はどなたが正妻におなりだろうと、もっぱらその噂で持ちきりなのですよ」

わたくしはさすがに顔色の変わるのを隠しきれませんでした。実は、この頃、わたくしの胸に抑えても抑えても、蛇のように鎌首をもちあげてくる卑しい気持を言いあてられたような気がしたからです。人の不幸の後で、その不幸をわが身の幸福にすりかえるなど、そんな見下げはてたことが考えられるでしょうか。それなのに、わたくしの胸の中には、もしかしたら、あのお方が正妻にと、わたくしを選んでくださるのではないかという望みが日と共に胸に広がっていたからでした。

父の右大臣までが、

「こうとなっては、もう後宮《こうきゅう》入りの望みも絶えたし、いっそ、光君が迎えてくれるなら、縁組みをさせてもいいのだが」

など、大后に相談しているのを聞いたこともあります。大后はせせら笑って、

「そんな甘いことを考えるから、だめなのです。あの人が政敵のわたしたちと縁組みなどするものですか。あの男は顔ほど甘い人間じゃありませんよ。まあ、見ていてごらんなさい。きっと今に化けの皮をはがしてみせるから」

と、耳を掩《おお》いたいような毒のある言葉を吐き出されるのです。

それでももし、わたくしより光君さまが、六条御息所をお選びになれば、それはもう仕方のないことだと思います。御息所とは長い歳月の想い出を共有されていらっしゃるし、御身分といい、才智《さいち》といい、御器量といい、申し分のないお方だからです。

こちらからは、幾度かお見舞いやお悔やみのお文《ふみ》をさしあげてはいて、その都度一通りのお返事だけはいただくのだけれど、いつのお手紙にも、言いわけばかりが多く、逢瀬の首尾をつくろうとはしてくださらないのです。

死ねば、こんなにもあのお方の心を捉えることができるなら、いっそわたくしも、死んでしまいたいとひそかに思うほど、恋しい気持がつのるばかり。

　そんなわたくしの心のうちを察してかどうか、朱雀帝は、お側に人のいないある夕暮れ時、

「まだ、どなたかのことばかり思いつづけているのでしょうか。いつかはこちらへ心を向けてくれる日もあるだろうかと、気長にじっと耐えて待ちつづけているあわれなわたしの心根も、少しは思いやってほしいものです。女の幸せは、なんといっても、地味で誠実な愛を一筋に受けることかもしれないのですよ。わたしはあなたが不幸そうな表情をしたり、そっとため息をついたりするのを見ると、まるで自分の体の一部が痛められているような切ない気がする。あなたをそんなに悩ましながら、あなたに想われつづけている人が真実羨ましい。それでもわたしは情けないことにあきらめきれないのです。いつまでもわたしは、あなたの心がこちらに真向きになってくれる日を待ちつづけているでしょう。あの人を想う心のすみに、そのことだけは忘れないでいてほしい」

　そんなことをしみじみと、涙ぐみながらお話しなさるのでした。

　わたくしの光君さまへの苦しい想いが恋なら、帝のこの身に余る真情もまた、恋なのでしょうか。恋とはまあ、なんという切ない苦しい物想いでございましょう。

恋闇

✸

こいやみ

朧月夜《おぼろづきよ》のかたる

桐壺院《きりつぼのいん》がおかくれあそばしたのは、昨年の秋風の身にしむ頃でした。御高徳で御仁慈深くあられた院のお身の上にさえ、無常の風は寄せるものかと、宮中はじめ下々《しもじも》の者まで泣きまどわぬ者もありませんでした。

十月のはじめあたりから御重態になられ、一月《ひとつき》ほどの後には、はかなくおなりあそばしたのです。あらゆる高貴な仙薬も、有徳《うとく》の高僧たちの御祈禱《ごきとう》も、一刻もお側《そば》を離れなかった藤壺中宮《ふじつぼのちゆうぐう》のお心を尽くした御看病の効《かい》もなく、秋の木の葉と共に、みまかっておしまいになったのでございます。

院の御病気中から御葬儀の間まで、光君《ひかるのきみ》さまはそれはもう、傍目《はため》にもおいたわしいほどの御心痛ぶりで、この上ない御孝養を尽くされました。さすがに、その間は、お通い所などへはお慎みになっていられたという噂《うわさ》でしたが、わたくしの許《もと》には折々に、走り書きほどでもお便りはくださるのでした。光君さまの御心痛になんのお慰めもお力添えもできないことがどんなに情けなく思われたことでしょう。

大后《おおきさき》は、藤壺中宮への嫉妬と意地で、ぐずぐずしている間に、ついに一度も御病床へお見舞いもできぬまま、院に先だたれてしまわれたのです。さすがに取返しのつかないことをしたと悔やむ一方、それもこれもあの藤壺中宮のせいだと逆恨《さかうら》みして、いっそうお憎しみが増さるというのも、大后の不幸な性格だと、わが姉ながら、気の毒な気もするのでした。

帝位はお譲りになっているものの、帝《みかど》はまだお若くていらっしゃるし、御後見役の父の右大臣も気短で、じっくり物事を判断できない人なので、宮中にお仕えする人々の間では、

「この先、どんな世の中になってゆくことやら」

と、不安がっている声が、わたくしの耳にまで入ってきます。そんな中でも、喪服の藤衣《ふじごろも》をお召しになった光君さまのおやつれになったお姿が、この上もなく清らかでおいたわしいと、女房たちはため息をついてお噂したりしています。

四十九日が過ぎてからは、それまで院の御所にとどまっていた女御《にょうご》や御息所《みやすどころ》方も、みなそれぞれのお里に引き取られたりして、ちりぢりになってしまいまし

た。藤壺中宮でさえ、やはりお里の三条の宮へお移りになっていかれました。

諒闇《りょうあん》のうちに年が明け、わたくしは二月に入って、尚侍《ないしのかみ》になりました。前《さき》の尚侍が院の御喪に服して、出家して尼になった後任というわけです。それもこれも大后のはからいで、断ることなどできる立場ではありません。大后は、それまでの御自分の局《つぼね》の弘徽殿《こきでん》をわたくしに下さって、御自分は梅壺《うめつぼ》に移られました。

御匣殿《みくしげどの》というこれまでの立場より更に昇進した上、右大臣家の権勢や大后の権力も加わって、数多い女御・更衣《こうい》のいらっしゃる中でも、とりわけ大切に扱われ、帝の御寵愛《ごちょうあい》もいっそう深まさりゆくのは、これも運命なのでしょうか。若い美しい女房たちが、父や大后の手で集められ、弘徽殿はいつでも華やかで陽気だと、上達部《かんだちめ》や殿上人《てんじょうびと》の憧れの的になっているというのも、およそわたくしの心の底とは似つかわしくなく、ひとりになると、こらえている涙が思わずこぼれ落ちることが多いのです。いつでも、朝も夜も、夢の中でさえ、あのお方のおもかげがわたくしの心の中いっぱいに占めていて、表向きの幸せと呼ばれている生活が、一向にありがたくも嬉《うれ》しくもないのでした。

女房の中納言《ちゅうなごん》を通して、光君さまからのお便りは、やはり途絶えることもありません。まるで白刃の上を渡るような危ない逢瀬《おうせ》も重ねずにはいられないのです。

誰よりも帝の御寵愛をほしいままにしている尚侍の君《かんきみ》と呼ばれる身で、こんな不倫をつづけることは、神仏も御照覧あるだろうと、恐れや怯《おび》えのないわけではありません。

それでも危険を冒しての逢瀬に示される光君さまの狂おしいほどの愛撫《あいぶ》の中では、神仏の罰も、地獄に堕《お》とされることも、一向に考えられなくなるのでした。

院なき後の大后は、権力の権化のようになって、これまでその人のために苦しめられたと一方的に思いこんでいる相手に、手ひどい復讐《ふくしゅう》をすることだけが生き甲斐《がい》のようにさえ見受けられます。大后の呪いの相手は、藤壺中宮であり、帝の愛を独占した桐壺更衣《きりつぼのこうい》の忘れ形見である光君さまであり、今の朱雀帝《すざくてい》が東宮の頃、その妃《きさき》にと、たって大后が望んだのに、それを断って、光君さまと結婚させた葵上《あおいのうえ》の父君左大臣とその一族の人々なのでした。なんという執念深い、激しい御気性かと、妹のわたくしでさえ空恐ろしくなります。

「故院の御在世の頃は、院へのお取りなしを期待して、門のあたりに、馬や車が所狭いほどたてこんでいたのに、今はめっきり閑散として、訪れる人も目に見えて減ってしまった」

など、ふと、光君さまが自嘲的にお洩《も》らしになったりすると、わたくしは大后や父の浅ましい仕打ちが恥ずかしく、済まなさで心も萎えしおたれてしまうのでした。

それでも、ほとんど御所にも上がらず、急にお閑《ひま》になったせいか、これまでよりは度々お便りくださるのが嬉しくて、ただもう光君さまとの逢瀬ばかりを夢に描いて、ひたすら待ち焦がれているわたくしでした。

「こんな危険な恋をしてしまって……、いつか必ずこのことが世にひろまる時があるだろう。その時こそ身の破滅だとわかっているのに、この恋があきらめきれないのはなんという因果なことだろう」

ふっと、別れぎわに、そんな独り言めいたお言葉が洩れる時もありました。

そのうちに御所では、国家の災厄を祓《はら》うための重大な五壇《ごだん》の御修法《みずほう》が始まりました。その間は、帝も御潔斎《ごけっさい》なさり、女御・更衣たちもお近づけにはなりません。なんという不謹慎で大胆なことを思いつくものでしょうか、わたくしはその隙を利用して、あのお方との逢瀬を盗もうとしたのです。心得た女房の中納言がすべてをはからい、光君さまもいつものように、夢のようにはかない束《つか》の間《ま》の逢瀬の首尾を持とうとなさいました。

あの四年前の春の日、朧月夜《おぼろづきよ》の夢に見たはじめての逢瀬の時を思い出させる細殿《ほそどの》の小部屋に、光君さまはわたくしと籠もられました。

御修法の間は人目も多いので、こんな常より端近《はしぢか》での密会は空恐ろしく、さすがに落ち着きません。かすかに震えているわたくしに、光君さまはかえって興味をそられるのか、いつもよりゆっくりした手順で、わざとじらすように愛撫なさるのでした。

「上の空の心の人に逢《あ》うために、わたしはこんな命がけの危険も冒しているのですよ。

　あなたは人の噂ばかり信じて、わたしが多情なように思っていらっしゃるけれど、こんな危ない橋を渡ってまでも、あなたに逢いに来るわたしの真心だけは、まさか認めないわけにはいかないでしょう」

　かぐわしい匂いでわたくしを包みこみ、鬼神の心もとろかすような甘い口調で、耳の中にそう囁《ささや》きこまれると、わずかに残っていた理性も罪の意識も、その瞬間に消えはててしまい、

「ああ、もう、何がどうなってもいい。一緒に殺してください、死にたい」

など、自分の声とも思えぬ声で、はしたなく口走ってしまうのでした。そんなわたくしの声をふさぐため、光君さまは長い甘い口づけでわたくしの唇を掩《おお》ってしまわれるのです。

　おやさしい、真心の深い帝の愛情を、わたくしは決して、おろそかに思ってはおりません。さすがに歳月が、帝の並々ならぬ深い愛情をわたくしの身にも心にもしみこませてくれています。御所に上がる前からの、わたくしのふしだらと裏

切りさえ、寛《ひろ》いお心でゆるしてくださった御慈悲にも感動しております。それなのに、どうしても光君さまが思い切れないのです。一度その胸に抱きよせられてしまえば、雪兎《ゆきうさぎ》のように、そのままお胸の上でとけてしまいたいと願うのです。不貞も不倫もその汚名を一身に引き受け、末代まで悪女・淫婦の名を伝えられても悔いない気持に、身も心も高ぶってしまうのです。

「どうしてこんなに可愛《かわい》いのだろう。四年前のあなたも可憐《かれん》だったが、この頃のあなたは咲き匂う紅梅の花盛りのようにあでやかで可愛らしく、男心を惹《ひ》きつける魅力にあふれています。帝がどんなにあなたを可愛がっていられるか思いやられる。ね、どんなふうに帝はあなたを可愛がられるの」

そんなお答えできないようなことばかりおっしゃって、わたくしが思いあまって泣きだすのさえ、光君さまは愉《たの》しんでいらっしゃるようなところがおありでした。

心せく逢瀬の時は、またたく間に過ぎて、ほどなく夜も白みそうな頃、ふたりで隠れて密会しているそのすぐ側で、近衛《このえ》の警護の者が、

「宿直《とのい》申しでございます」

と、咳払《せきばら》いして、わざとらしく声をはりあげています。

「わたしの他にも、この近くに女と忍び逢っている近衛司《このえづかさ》の者がいるらしいね。

意地悪な同僚が教えて、わざとここへ来させたのにちがいない」
と光君さまは、おかしそうにわたくしに囁かれます。
「人のことと思えばおかしいけれど、これで追い出される時間を知らされるのだと思うと、うるさいものですね。もっともっと一緒にいたいのに、なんということだろう」
とおっしゃる声に、あちこち探し廻《まわ》った男が、
「四時でございます」
と声をはりあげるのが重なります。
「心からかたがた袖をぬらすかな
あくとをしふる声につけても
自分の心からもとめた恋のために、あれこれと涙ばかり流してしまいます。夜が明けたと告げる声を聞いても、別れが辛《つら》くて……」
と、ため息と共に申しあげます。
「嘆きつつわがよはかくて過ぐせとや
胸のあくべき時ぞともなく
こんな辛い恋に嘆きながら、一生を終われというのでしょうか、胸の苦しさの晴れる時もないままに」

光君さまも嘆息を洩らされ、名残の尽きない密事《みそかごと》の場から、あわただしく立ち去ってゆかれたのでした。

こんな時は思いきって身なりをおやつしになって、人目にたたぬよう気を配っていらっしゃるのですけれど、やはりこの暁月夜《あかつきづきよ》のきぬぎぬの朝も、誰かに見とがめられたらしいとか後で聞こえてきましたが、それも道理と思われるのでした。どこにどう隠れていらしても、あのお方の稀有《けう》な存在感は、闇をも光り照らすようなものがおありなのですから。

その後はなぜかお便りも途絶えがちになり、光君さまは二条のお邸《やしき》に引き籠もり、御病気らしいとか、いや伯父上《おじうえ》が律師《りっし》として籠もっていらっしゃる雲林院《うりんいん》の僧坊にお籠もりになって、何やら殊勝気に勤行《ごんぎょう》に勤めていらっしゃるようだなどの噂が、風の便りに伝わってくるのです。

何かにつけて、大后や父の右大臣たちの憎しみが露骨になって、事ごとに光君さまに辛く当たっているらしい空気の中で、もしや光君さまがその世をはかなみ、御出家でも思いたたれたのではあるまいかと思うと、わたくしは夜も眠れないほど不安になってしまうのでした。あの華やかさのかげに、言いようもない翳《かげ》りがあると感じつづけていたのは、わたくしひとりの思いすごしなのでしょうか。故院の御崩御の時のお嘆きのさまも、お慰めしようもない有様だったのを思い出すにっけ、胸にひろがってくる不安は拭いようもないのでした。もし、そんなことになれば、わたくしも世間がどう非難しようと、即日、髪をおろし尼になって、あのお方との想《おも》い出《で》だけの中に自分を封じこめてしまおうと、ひそかに決意していたのです。

そんなわたくしの杞憂《きゆう》が思いすごしに終わり、光君さまはやがて雲林院からもどられ、久々のお便りもあり、ほっとしたところへ、宮中へ御参内《ごさんだい》になり、帝にもお目もじした様子でした。

その夜、帝はわたくしを召されました。

「もう噂に聞いているだろうね。今日久しぶりであの人が来て、珍しくゆっくりくつろいで、話してゆかれた。血を分けた兄弟というものはいいものだ。何日逢わなくても、逢えばたちまち心がうちとけてしまう。弟とはいえあの人は、何もかもわたしより秀《すぐ》れた器量を持っているとつくづく思ったよ。学問のことでも風流の道でも、むしろわたしの先生並の力だね。誰やらが恋い焦がれて、いつまでも忘れられないのも仕方がないと思った」

など、からかうようにおっしゃるのが辛くて、思わず涙ぐんでしまうと、

「あの人のことをいうと、あなたはすぐ涙をためてくる。嫌味で言ったのではないのです。嫉妬しないといえば嘘《うそ》になるが、あなたとあの人の仲は、今にはじま

ったわけでなく、前からの因縁ずくだし、今でもつづいていると、わざわざわたしに告げに来るおせっかいもないではないけれど、その点はわたしはあきらめているのですよ。時々あなたのそぶりに隠しきれないものを見る時があっても、まあ仕方がないと目をつむり見過ごしているのは、あなただって気がついてくれているでしょう。

それにしても今日はあの人から、六条御息所《ろくじょうのみやすどころ》を去年の秋、淋《さび》しい嵯峨野《さがの》の秋草を踏みわけて野宮《ののみや》に訪ね、辛い別れをした話を打ち明けられた。あの人が話すと、まるで物語の場面のように美しく感じられて、思わずもらい泣きをしてしまいました」

などしみじみ話されるのでした。

帝のこんなに寛いやさしいお心をありがたく思うにつけ、もうこの不倫の恋はあきらめなければ罰が当たると、心の底から慚愧《ざんき》の念が湧き上がって来る一方、たとい火あぶりにあっても、この恋だけは捨てきれるものではないと、太々《ふてぶて》しい恐ろしい想いが胸を灼《や》き尽くすようにひろがってまいります。

あれほどこまめによこしてくださった光君さまからのお便りがふっつりと途絶えて、幾月かがたちました。別に、前のように、参籠していらっしゃるとの噂もないままのこの途絶えに、またしてもたまらない不安を誘われ、恋しさを抑えか

ねてはしたなさも忘れ、お便りをさしあげたのです。人目を忍び書く便りは、思いの万分の一も伝えられず、

「木枯《こがらし》の吹くにつけつつ待ちし間《ま》に
　おぼつかなさのころもへにけり」

とだけしか訴えることができません。その使いは御返事をいただいてきました。こちらが恥ずかしいほど上等の、選びぬかれた唐《から》の紙に、水茎《みずぐき》の跡も美しく、

「どうせお便りしたところで、一向にお逢いできない辛さに、すっかり弱気になってしまいました。ただもう自分の嘆きに溺れている間に、あなたに待たれるほどの日や月が過ぎたのでしょうか。

この頃の時雨《しぐれ》は、あなたに逢えないわたしの流す涙なのですよ。それに気づいてもくださらなくて、

　あひ見ずてしのぶるころの涙をも
　なべての空の時雨とや見る

たとえお逢いできなくても、こうして時々お便りができるならば……」

いつもよりこまごまと情のこもった御返事を読み返すにつけ、どうしてこんな運命的な恋に落ちたのだろうと思い悩むばかりでした。

故院の一周忌の法華八講《ほっけはっこう》を藤壺中宮が営まれたその最後の日、突然に中宮が出

家なさったのには、誰ひとり愕《おどろ》かないものはありませんでした。どなたにも御相談せず、ひとりで御決心なさったらしく、故院の御在世の頃に引きつづき、誰よりもお近しい光君さまでさえ、全くご存じなかったとみえ、それを聞いたとたん、蒼白《そうはく》になられ、今少しで気を失われそうな御様子だったと伝えられております。

大后はじめ父の一族が、事ごとに藤壺中宮や光君さまを圧迫しつづけ、手きびしく復讐がなされていたことは衆目の認めるところでしたから、中宮の突然の御落飾《らくしょく》もそれとかかわりがあるよう噂されるのも仕方がないことでした。

大后たちは中宮と光君さまが結託して東宮を擁し、一日も早く帝を退け、東宮の御代《みよ》にしようと謀反をたくらんでいるというような不穏な噂を捏造《ねつぞう》して、それとなく言いひろめはばからないのでした。

中宮の御出家を口実にして、大后たちは司召《つかさめし》（京官《きょうかん》を任命する儀式）の頃にも、当然あるべき中宮の位階昇進などもわざと見過ごされたりして、露骨な迫害を加えているようでした。光君さまにも同様で、光君さまはもうこの頃では宮中への出仕もほとんどなさらず、お邸に引き籠もって、ごく親しい方々と文学や音楽の遊びをなさっていらっしゃる御様子でした。

そんな頃、わたくしは珍しく瘧《おこり》を患い、いっこうによくなる気配もないので、禁厭《まじない》なども遠慮なく存分にしたくて、宿下りをさせていただいておりました。この頃はいっそう帝の御寵愛がわたくし一身に寄せられ、ほとんど片時もお側を離さない有様でしたので、宿下りもなかなか許していただけないのでした。

幸い、御祈禱などの功徳《くどく》でしつこい病も癒えました。こんな時こそ光君さまにお逢いできる得がたい機会だと思い、久しぶりにいつものように示しあわせ、白刃を踏むような例の危うい逢瀬を遂げようとたくらみます。

たまたま大后も同じ邸にお帰りになっている時なので、その危険さは、思っただけでも肌が粟立《あわだ》ち冷たい汗でうるおうほどでしたが、光君さまは大胆不敵にも、夜毎《よごと》のように忍び通ってくださるのでした。これほどの情熱を示してくださったことは以前にもなく、お逢いしている時にも、それはもう、その場で殺されてもいいと思うほどの蜜のような睦言《むつごと》を惜しげもなく浴びせてくださり、息をする間も惜しいという御様子で、烈《はげ》しい愛撫に骨もとけよと包みこんでくださるのでした。

「そんな可愛らしいうっとりした顔をして、今、何を考えているの」

湯に濡《ぬ》れたように汗にあえたわたくしの軀《からだ》をやさしく拭ってくださりながら、光君さまはわたくしの顔を上から覗《のぞ》きこみなさるのです。

「瘧で死なないでよかったと思っているのです。生きてさえいたら、こんな嬉しい時が持てるのですもの」

「ほんとにそうですよ。この世ではこんなに逢いにくいふたりだけれど、今度生まれるあの世では朝も昼も夜も、誰に気がねもなく、こうしてしっかりと抱きあっていよう」

あの世に、時の区別があるのやらないのやら……、わたくしにとってはあの方に抱かれている一瞬が、この世もあの世もない永遠の至福の時間なのでした。

臆面もない度重なる密会が、まわりに気取《けど》られないわけではないけれど、面倒を避けて、女房たちの誰も大后にそれを密告する者もないのでした。

父の右大臣もまた、わが邸で、そんな恐ろしい天も恐れぬ大胆な不貞が、堂々と行われているとは夢にも知りませんでした。

その夜もまた、宵のうちから忍んで来られた光君さまと、果てしもない愛欲の淵《ふち》に溺れきっていた時でした。夜中になってにわかに、雨が凄《すさ》まじく降りしきり、雷鳴が耳をつんざくように轟《とどろ》きわたり、今にも邸の上に落雷しそうなほどの豪雨になりました。幾千もの車が地ひびきをたてて駆けめぐっているような雷鳴の下で、わたくしはただもう怖くて、しっかりと光君さまのお胸にとりすがっておりました。このまま、この上に雷が落ちて、ふたり一緒に焼け死ねばどんなに嬉しいだろう。そんなことをうっとり考えている間に、怖がった女房たちが次第にわたくしの部屋に集まってきて、帳台《ちょうだい》のまわりにびっしりになってしまいました。

暁前にこっそり抜けだして帰らなければならなかった光君さまは、この騒ぎで、その機会を見失ってしまい、今更、女房たちの居並ぶ帳台の外へも出られず、気が気でなく困り果てていらっしゃいます。密事《みそかごと》に加担している女房ふたりだけは、そわそわして、これもどうするすべもなく困惑しきっておりました。

ようやく暁方になって雷が鳴り静まり、雨も小やみになった頃、不意に父がせかせかとわたくしの部屋を訪れました。いきなり御簾《みす》を引きあげながら、

「どうでした。昨夜は物凄《ものすご》い天気で、さぞ怖かったでしょう。心配はしていながら見舞いに来られなくて……中将《ちゅうじょう》や宮《みや》の亮《すけ》は宿直《とのい》していましたか」

と、早口にせっかちに言われます。わたくしは、父の声を聞いた瞬間、それこそ雷が今この身に落ちたように意識を失いかけました。ついに来る時が来たという感じで頭も軀も空白になってしまい、自分が自分でないような感じです。父の声を聞いてから、いっそう愛撫のしげくなった光君さまの手をどうやって払ったのか、自分でも覚えもないまま、動転しきって、帳台の中からそっとにじり出ていました。この間に光君さまが天に上るか地にもぐるかしていてくださらないものかと、埒《らち》もないことをぼうっと考えています。

恥ずかしさのあまり瞼《まぶた》も耳も熱く上気しているわたくしの顔を見て、父は何を勘違いしたのか、

「おや、ひどい顔色をしていますね。真っ赤だ。また熱でもぶりかえしたのかもしれない。物の怪がついていると面倒だから、もっと修法を続けたほうがいいかもしれないね」

など言いながら、もっと近寄った拍子に、いかにもぎょっとした様子で、「や、や」と口の中でつぶやき、のけぞりそうになりました。はっと気がつくと、なんということでしょう、あわててひきかぶった袿《うちき》の端に、あの方の水色の男帯が蛇のようにまつわりついて、帳台の外へ引き出されているではありませんか。と同時に、父の目がまた何かを見つけたらしく、

「あれは誰のものですか。見馴《みな》れないものが落ちている。さ、こっちへよこしなさい。よくたしかめてみよう」

というのです。

指さすほうをふりかえると、几帳《きちょう》のもとにあの方の歌などを書きちらした懐紙《かいし》が落ちていたのです。氷に浸《つ》けられたような思いがして、茫然《ぼうぜん》としている間に、父はそそくさと、それを取りあげるなり、無遠慮にもぐっと頭をつっこんで帳台の中を覗きこんでしまったのです。

そこには光君さまが、今更どう逃げようもなく、しどけない姿で横になっていらっしゃるではありませんか。父右大臣ともろに顔をあわせてしまってから、さ

すがに夜具など形ばかり引きあげて、お顔をかくそうとなさるけれど、すべては後の祭りです。

　こんな時でも、さすがに悠揚せまらず、ゆったりと構えていらっしゃるのは、御自分は何をしても許される身分だと、若い頃から信じ、思い上がっていらっしゃるからなのでしょうか。恥を見つけられた御本人より、見つけた父の右大臣のほうが周章狼狽《しゅうしょうろうばい》しきっているさまが見苦しかったと聞いたのは後のことで、その時はもう、わたくしは気も失うほどの恥ずかしさと恐ろしさに、なんの思考も止まってしまっておりました。

　父が荒々しい足音をたてて部屋を出ていった後も、ただもうどうしていいかわからず絶望的になって、痴呆《ちほう》のようにぼうっとしているわたくしを、光君さまはひしと抱きしめられて、こまごまと言葉を尽くして慰めいたわってくださるのでした。

「こうなった上は、宿命とあきらめて、心を強く持つのですよ。どんなことがあっても、わたくしの愛情を信じて、動じないことです。

　愛しあったふたりが、不倫の罪でさばかれるなら、潔くその刑に服しましょう。地獄の底までわたしはあなたと抱きあって行きます。あなたを愛するあまり、慎みを忘れて限度を超えた逢瀬をむさぼったのは、みんなわたしひとりの罪です。

あなたは少しも悪くないのです。卑屈にならないでください。帝は何もかもお見通しの上で、わたしたちのことを許していらっしゃるのです。男同士の間で、それはわかるのです。帝はこよなくあなたを愛していらっしゃるから、きっといつかは許してくださるでしょう。わたしはもしかしたら、これがきっかけで、とんでもない運命に見舞われるかもしれない。だからといって、よもやわたしを憎んでいる方々も、わたしを殺すことはできないでしょう。いつかも言ったように、お互い生きてさえいたら、また運命が開けないともかぎらないのです。どんなことが起こっても、こうなった以上は、ひたすら耐え忍んで、決して短慮を起こしてはいけません。

もうお目にかかることもできないかもしれないけれど、どんな方法を尽くしても、お手紙くらいは出します。わたしを信じて元気を出すのですよ。どんな時も希望を失ってはいけませんよ」

あのお方は、御自分の身の上にふりかかる災難のことには一言もふれず、ひたすら、わたくしを慰め力づけてくださるばかりなのでした。

女房の中納言がそっと帳台の外から声をかけました。

「今のうちにお出ましいただかないと、とんでもないことになりそうです。早くお支度あそばしてください。右大臣さまが大后さまのお部屋へ伺って、事の次第をあからさまに告げていらっしゃる大声が外まで洩れております。大后さまのお怒りから、どんな事態が起こるかわかりません。早く、一刻も早くお出ましください」

中納言も事の成行きでは邸を追われかねない立場になりました。それでもさすがに気丈に振る舞って、女房たちを追い払い、光君さまを、いつもの秘密の抜け道から、そっと外へお出ししたのでした。

わたくしはあまりの事件に、その場からまた発熱して、寝こんでしまいました。

後でこれも中納言が聞きこんできた話によれば、右大臣は大后の部屋に直行すると、外まで聞こえる興奮しきった声で、事の顚末《てんまつ》をかくさず言いつけなさったということです。

「この懐紙を見てください。これは光君さまの御筆跡《おて》にちがいありません。前にも、あんな不始末があった時、まあ、あちらのお人柄に免じて、ならぬ堪忍をしたこともありました。葵上がなくなり、せめて正式の婿にと思った時には、本気にも考えてくれず、軽々しい扱いをなさった恨みは忘れているわけではないのです。

せっかくの東宮妃の約束も、穢《けが》された身では反古《ほご》にせざるを得なくて、結局、帝のおやさしさに甘えて、今ではようやく宮仕えもできているのです。あれほどの御寵愛がありながら、女御にとも言い出しかねているのも、すべて、あの事件のせいなのです。

その上に、またこんな情けないことをしでかしてくれて、もうなんと言っていいか、口惜《くや》しくてたまりません。あの方は生来色好みで多情で誠意がない男です。噂では朝顔《あさがお》の斎院《さいいん》にさえも、いまだに言い寄りつづけて、恋文《こいぶみ》をしきりに届けているということですよ。神罰も恐れぬ振舞いには、ほとほと呆《あき》れ果ててしまいます。まさかこれほどまではと信用していたわたしが馬鹿でした」

と、くどくど申しあげるのを、勝気な大后はさも腹立たしそうな表情で聞きとられ、

「だから言わないことじゃないのです。だいたい帝にしてからが、昔からあの男より劣っているように人に見落とされてきました。引退した左大臣だって、わたしがあれほど望んだのに葵上を帝にはくれず、弟のあの人の正妻にしてわたくしたちに恥をかかせましたよ。尚侍《かん》の君《きみ》にしても、はじめからわたしは帝の後宮《こうきゅう》にと考えていたのに、ああしたふしだらな事になってしまって天下に恥をさらしたのに、こちらでは誰ひとり、あの人を恨まず、かえって未練らしく心を寄せていたではありませんか。今頃あわてたって、なんになるものですか。

尚侍の君は位を下げて宮仕えさせてあるので、さすがに妹のことで可哀《かわい》そうに

思い、何かと引きたつよう、わたしが後見《うしろみ》になって応援して、帝も誰よりも愛されるようになっているのです。あんな面憎《つらにく》い男の鼻をあかしてやりたいとも思いつづけていたのです。ところが当人の尚侍の君までが、一向に後悔せず、帝をあざむき、わたしたちの目を盗んで自分の心の惹かれるほうになびいていくのだから、もう情けなくて口もきけない。斎院の噂だって、あの色好みの男のことだもの、当然あって不思議でもありますまい。

ここまであの男が帝やわたしたちをないがしろにするのは、一日も早く帝に退位を迫り、東宮の代にしようとたくらんでいるからなのですよ」

洩れ聞いた女房も、思わず耳をふさぎたくなるような光君さまの悪口が、まだまだつづき、恐ろしい呪いの言葉まで臆面もなく吐きちらされたということでした。

最後には、

「きっと思い知らせてやる」

と、眦《まなじり》を吊《つ》り上げて叫ばれたとか。あの気性の烈しい大后なら、やがて必ず思いどおりになさるにちがいありません。思えばわたくしひとりのこらえ性がないばかりに、こんな事態を招いてしまって、あの方の前途に払いようもない暗雲を招きよせてしまったのです。

今度ばかりは、あまりにも、事があからさまに露見してしまったので、人の口もふさぎようがなく、さすがに帝もわたくしをかばってくださる手だてを失われたようでした。

わたくしは引きつづき里方に謹慎をおおせつけられたのは当然で、二度と不始末のないようにと、蟻《あり》の入る隙もないほど女房たちに囲まれて、まるで牢《ろう》に入れられた囚人のような暮らしになってしまいました。

泣き暮らしているうちに、風の便りに聞けば、光君さまは謹慎を命じられた上、官位を剝奪され、やがて流罪の決定まで迫っているということです。なんという恐ろしいことを。

わたくしを愛してくださったばかりに、そんなむごい目にお遭わせするのかと思えば、ただもう罪深いわが身がうらめしく、いっそ病が重くなり、このまま命が絶えてほしいと思いつめる毎日なのです。

ただひとりの味方の中納言の君さえ、里に帰されてしまい、謹慎させられているので、わたくしは胸の苦しさを誰に訴える手だてもなく、ただ泣き暮らすばかりの日々でございます。

賢木

★

さかき

藤壺《ふじつぼ》のかたる

恋しいお方、ああ、今はじめて心の底からそうお呼びかけしとうございます。今頃、あなたは故院の御陵《みささぎ》へ参詣をすまされ、どのあたりをさまよっていらっしゃることでしょうか。

人目をはばかり、御輿《みこし》も避けて、お供の数も思いきって減らされ、馬の背にひっそりとゆられて暁前の闇にまぎれてお訪ねくださったあなた。

「明日はいよいよ出発しなければなりません。故院の御陵にお別れの御挨拶に伺う前、そちらにも一目お別れを申しあげることを許してはいただけないでしょうか。……せめて」

と、短いお文《ふみ》が届けられたのは、まだ日も高い頃でした。手にも取らない癖になったあなたのお文を、いつものようにわたくしに代わって読みあげた王命婦《おうみょうぶ》の声がつまってしまいました。

あなたが大后《おおきさき》や右大臣家の圧迫に耐えかねて、流罪の恥辱を蒙《こうむ》る前に、御自身から都落ちをなさり、須磨《すま》とやらへ旅立とうとなさるという噂《うわさ》は、すっかり日の影に入り、世間の風も避けて通るわたくしの耳にさえ聞こえておりました。

直接の原因は、朱雀帝《すざくてい》の御寵愛《ごちょうあい》の尚侍《ないしのかみ》との密事《みそかごと》の露見のためだとか。聞きたくもないのに、女房たちのひそひそ話が耳に入り、それだけで、まさかあなたほどのお方が失脚なさろうかと思う一方、あの特別に烈《はげ》しい御気性の弘徽殿《こきでんの》大后が、そんなことさえ騒ぎたてて、あなたの失脚の因《もと》に利用なさるのは、さもあろうかと、充分推察できるのでした。

故院がおかくれになって以来、わたくしに対する露骨な嫌がらせも目に余るものがあり、とうとう居たたまれなくて三条の里邸に帰ってしまったわたくしですもの、あなたに加えられたあの方たちの非礼や暴虐の数々は、誰よりもお察し申しあげることができるのです。

それにつけても、あのおだやかでおおどかでいらっしゃった故院の御威力のほどがしみじみ思われてなりません。わたくしとあなたは、故院の大きなお胸に抱きとられて、あらゆる世間の荒波からしっかりと守られていたのでした。それなのに、なんという罪深いわたくしたちであったことか……。

故院の早すぎた御逝去といい、あなたのこのたびの悲運といい、もしかしたら、あの恐ろしい罪の翳《かげ》りのなせる罰ではあるまいかと、深夜思わず起き直って、汗にあえるような想《おも》いがしたことも幾度か……。もし罰があるなら、すべてお見通しのみ仏に、どうかわたくしひとりをおとがめくださいまし、この身ひとつに、火あぶりでも水ぜめでもお受けいたしますと、祈りつづけてまいりましたのに……。

思えばほんとに長い苦しい歳月でした。あなたにお逢《あ》いしたはじめての日から、あなたの熱いまなざしに見つめられ、慈父のような故院のおやさしさになじむ前に、わたくしはかつて覚えたこともない心のときめきに捉えられたのでした。いつでも胸の奥のあたりに、小鳥がさえずりつづけているような、あるいはまばゆくて捕えがたい七彩の虹が軀《からだ》の中に弓なりに流れているような、そんなはなやかで、やるせない想いでした。

あなたの薄幸だったといわれる亡き母上に、わたくしが瓜《うり》ふたつだと、誰からも聞かされるたびに、ああ、わたくしはあなたと真実の姉弟であれば、どんなに幸せだったかと思ったものです。

元服なさったあなたに左大臣の姫君が添臥《そいぶし》のお方と決まった時、わたくしは味わったことのない胸の切なさを、誰にものぞかれまいと、どんなに気を張ったことでしょう。

故院が、他の御妃《おきさき》たちをお召しになる夜には、一向に覚えない胸の苦しさを、その後、あなたの華やかな恋の噂を聞くたびにしくしくと覚えるのが、嫉妬と名づけられる女の醜い感情だと認めなければならなかった時、どんなに苦しんだことでしょう。この世の中に恋をしてはならない人などどうしているのでしょうか。そんなつらい掟《おきて》をつくるくらいなら、なぜ神や仏は、人間に人を恋い慕う気持を植えつけて、この世に送り出されたのでしょうか。

あなたへの人しれぬ想いを秘めかくすようになって、わたくしははじめて弘徽殿大后の目に余るほどの意地悪や当てつけも、お気の毒という気持で受けとめられるようになったのです。弘徽殿大后もまた、お気の毒な女人ではないでしょうか。故院を一途《いちず》に愛しておいでになるのに、それを報われないお苛《いら》だちが、あのお方をいつもあのように猛々《たけだけ》しいお心に駆りたてるのではないでしょうか。

三条の里邸で、あなたと結ばれてしまった後の苦しみは、あなたが誰よりも知っていてくださったはずです。あれ以来いつでも、つれない、冷たい、情なしだと、お責めになるあなたの若い一途な情熱を、わたくしの境遇でどう受けとめることができたでしょうか。

まぎれもないあなたとの愛の証《あかし》の若宮を、何くわぬ顔をして、故院のお手にお抱かせ申した時のわたくしは、身が八つ裂きにされるとは、こんな苦しみであろうかと、息もとまりそうでした。

若宮を抱かれた故院が、まず発せられたのは、

「なんと光君《ひかるのきみ》にそっくりなことよ。まるであれの赤ん坊の時がよみがえったようだ」

というお言葉でした。その場に気を失わない自分が信じられない想いでした。あの瞬間から、わたくしは鬼になろうと思ったのでございます。まだその瞬間まで、真実を打ち明け、故院に裏切りの罪を告白して、そのお手にかかって死にたいと願っていた想いが消えたのです。何かが、わたくしの衿首《えりくび》を摑《つか》んで後ろへ引きもどすようでした。もしここで告白すれば、光君はどうなるのだという声がどこからか聞こえていました。

なんの疑念もはさまない故院の満足そうなお顔は、弥陀《みだ》のお顔に見えてまいりました。わたくしひとりが地獄に堕《お》ちる決意をすれば、このまま、すべてはおだやかに過ぎていくのです。身を捨てて、わたくしは悪魔に身を売り渡し、いとしいあなたと、なんの罪もない若宮を守り抜こうと決意したのでした。その代償として、わたくしはあなたへの恋を封じることを、み仏に誓ったのでした。

故院のおいつくしみを受けている日々、わたくしが幸せだったとお思いでしょ

うか。あなたは、故院の御威光のかげに守られているわたくしを、いつも恨めしい目付きで見つめられていました。あきらめもせず王命婦を手なずけて忍んでお寄こしになるお文には、わたくしの身も心も引き裂かれるばかりに悲しい言葉ばかりが訴えられていました。

あなたの数々の恋の噂も、わたくしへの報われぬ愛の代償にすぎないというあなたの身勝手な言いわけを、まさか真に受けないまでも、そんな他愛《たわい》ない見えすいた言いわけさえ信じたくなる自分の心が怪しいのでした。

あなたの情熱にほだされて、ともすればあなたの側《がわ》に立ちたがる王命婦が、恨めしく憎らしくさえなってくるのでした。故院にあれほどのおいつくしみを受けていながら、わたくしの心の底は、常に木枯しが吹きあれているような荒涼としたものでした。

あまりの切なさに、いっそ死なせてほしいと願っていたのに、わたくしは死にもせず、故院がおかくれあそばしたのです。

おかくれになる前に、あなたを召されて、

「東宮のことはくれぐれも頼んだよ。それに皇后は、わたしが居なくなれば、やはりこれというたしかな後見《うしろみ》がいるわけでもない頼りない身の上だ。いつまでも東宮の母としてかしずき、親身に力になってやってくれるように」

と御遺言あそばしたのです。几帳《きちょう》のかげでそのすべてを伺っていたわたくしは、骨という骨がばらばらに砕け散るかと恐ろしさに震えていました。

「人の世には逃れられない因縁がある。すべては前世からの定められた縁なのだろう」

あれは、誰に向かっておっしゃったお言葉だったのでしょう。あなたは今にもすべてを打ち明け、懺悔《ざんげ》なさりそうな思いつめた気配を示されました。その瞬間、故院が軽く手を動かされ、

「ひどく疲れた。また逢おう」

と、低くつぶやかれ、あなたをお退けになったのでした。

故院がおかくれになったのはその次の夜、お側《そば》にはわたくし以外誰ひとりいない時でした。もうお声も出なくなった故院が、わたくしの手を需《もと》められ、静かな微笑をたたえていられました。わたくしの顔に瞳をうつろわせ、唇が、

「きりつぼ」

と、かすかにあなたの母上の御名を囁《ささや》かれました。

光君さま、故院はあの秘密を全くご存じなかったとお思いになりますか。わたくしには今もわかりません。あるいは、すべてをお見通しの上で、わたくしたちを許してくださっていたのではないでしょうか。まさか、あんな自然な態度が、

ご存じの上でおとりになれるはずはない、やはり、何もお気づきではなかったのだと、お思いでしょうか。

故院がおかくれになった後、里に帰ったわたくしの所へ、またもやあなたが忍んでこられた夜、わたくしはあまりのことに血も冷えて、胸がきりきりしぼりあげられるようになり、今にも息が絶えるかと思いました。

あなたが若い情熱を傾け尽くして、これまでの耐えてきた恋の辛《つら》さを泣いてかきくどき、故院の霊をふたたび裏切って、ふたりして地獄に堕ちようと誘われた時、ああ、どんなにか地獄がわたくしには恋しく慕わしく思えたことでしょう。わたくしの恋を断つことを代償に、東宮とあなたの御安泰をみ仏に誓った誓願を思えば、あなたの情熱にここで流されては、どんな恐ろしい罰が、おふたりに下るかと、ひたすら恐ろしく、頭も胸も血が引いてしまって、ほとんど息もとまったような有様になってしまったのです。目の前が真っ暗になり後のことは覚えておりません。気がつけば、あなたのお姿はなく、兄の兵部卿宮《ひょうぶきょうのみや》や、中宮大夫《ちゅうぐうのだいぶ》などまで来ていて、

「御祈禱《ごきとう》の僧侶を早く呼ばなければ」

などののしり騒いでいたのです。きっと私の命が絶えると、女房たちも思いつめたのでしょう。それでも、血の道の逆上なのですから、神経がおさまれば、ど

こが悪いというわけでなく、夕暮れまでには危機は去ったようでした。

兄も大夫もひとまず安心して引きあげてゆき、身辺にようやく人も少なくなりました。ごく身近に召し使っている女房たちも、ひっそりとして几帳や屏風《びょうぶ》の陰にかくれています。

まさかあなたが帰りそびれて、わたくしの悩乱のどさくさの間に、王命婦に塗《ぬり》籠《ごめ》の中に押しこめられてかくれていようなどとは、誰に想像ができましょう。

「まだ、とても苦しいわ。こうして死んでしまうのかしら」

など思わずため息と共にひとりごとが口をついて出るのです。ぼんやり廊下の外に目を放って、あなたはあれからどうなすったかしら、兄たちにも出逢わずうまく逃げられたのかしらなど思いやりながら、それにしてもなんという悲しいわたくしたちの仲なのだろうと、涙がさしぐまれてくるのでした。

その時です。ふいにわたくしの袿《うちき》の褄《つま》が引っぱられて、さやさやと絹ずれの音がしたかと思うと、まぎれもないあなたの匂いがさっとあたりにたちこめているではありませんか。あまりの不意の出来事に胸もつまり、恐ろしくて、そのままひしとうつ伏してしまいました。

「どうしてそうつれなくなさるのです。せめて、こちらへ向いてください」

と、うらめしそうにおっしゃるなり、あなたは若々しい力のみなぎった腕で、ひしとわたくしを引き寄せておしまいになりました。夢中で袿を脱ぎ捨て、這《は》いのいて逃げようとした拍子に、なんということか、長い髪までひしとあなたのお手に握りしめられていたのです。逃げもできず、軀を弓のようにそらせて、あなたの力に引かれ、ただもう情けなく思うにつけ、なんという宿世《すくせ》の業《ごう》かと、その深さが思い知らされて、たまらなく辛く全身から力という力がぬけはててしまいました。

あなたはただもう気でも狂ったかと思うほど、自制心を失われ、泣き悶《もだ》えながら、これまでの辛い恋の恨みごとをひしひしと訴えられます。あまりのことに、ただもう切なく情けなく、お返事のことばも浮かばず、

「気分がとても悪いのです。こんなふうでない時にでもゆっくりお話しいたしましょう」

と、辛うじて申しあげても、あなたは、ひたすらに激して、限りもなく深い思いのたけを、涙ながらにかきくどかれるのでした。

「どんなにあなたがかくしても、東宮はわたくしたちの愛のかたみなのです。わたくしとあなたと、み仏のみが知っている。本来なら、あの東宮が帝位につかれることこそ、仏罰も恐ろしいことではないでしょうか。何もご存じない故院に、東宮の後見をせよと、御遺言された時くらい恐ろしいことはなかった。けれども

あなたもまた、それを望んでいられる。あなたが望まれることなら、わたくしはどんな罪もいくらでも重ねましょう。わたくしのすでに犯している罪以上の罪がまたとあろうか。わたくしははじめから命がけなのです。この世の名誉も富も地位も、とうの昔に投げ捨てている。たった一度、せめて一度でも、あなたが、いつわらぬ心のままに、わたくしの恋に応えてくださったなら……こんな道もわきまえぬ恋の盲になったわたくしに、あわれな者よとお手をさしのべてくださったなら……その場でわたくしは息を引き取っても悔いはないのです」

あなたの涙の中からの、熱い火を吐くような言葉がわたくしを包みこんで、深いめまいの渦の底へ引きずりこんでゆきます。あなたの言葉の炎がわたくしの身を焼き亡《ほろ》ぼしてくれたら、どんなに楽になるでしょう。あなたとの恋の秘密を一瞬たりとも忘れることがあるでしょうか。だからといって、院もおかくれになった今、ふたたび過ちをくりかえしては罪はいっそう深くなります。冷酷にはとてもできず、ともすればあなたの激情にさらわれて我を忘れたい想いに辛うじて耐え、せめてお心を傷つけまいと曖昧に言いなだめて、ともかくも身を守り通して暁を迎えた時、わたくしは身も心も疲れ果てて、またしても気が遠くなっていきそうでした。

「わかりました。これ以上申しつのると、ただお苦しみを与えるだけのようです。

わたくしの愚かさだけをいやというほど思い知らされました。でも、せめて、こんなふうでもお目にかかれて、時々苦しい胸のうちを晴らさせていただけますなら、だいそれた心などどうして抱きましょうか」

など、わたくしの心をなだめてくださろうとなさいました。

ありふれた仲でも、こんな逢瀬《おうせ》の語らいは切ないものでしょうけれど、わたくしたちのような世にたぐいもない罪の上に築かれた悲恋の逢瀬は、こんなにも目もくらむほどに苦しく切ないものなのでしょうか。

夜が明けはなれてきたので、王命婦と弁《べん》のふたりが、なんとかしてあなたにお引き取りいただこうとして必死にお願いしています。わたくしは心ならずもあなたの愛撫《あいぶ》にさからい通した気の張りもふっつりと切れ、もうどうなってもいいと思った時、ふっと意識が消えてしまいました。

「こんなつれない目にあわされて、この後まだわたくしが生きているとお耳に入るのさえ恥ずかしいので、すぐにも死んでしまうかもしれませんが、それもまた、来世の障りとなりましょう」

と、あなたはかきくどかれたとか。あなたはこれが最後とばかりわたくしを強くかき抱かれて、死者の耳にそそぎこむようにおっしゃったのです。

「逢ふことのかたきを今日にかぎらずは

いまいく世をか嘆きつつ経《へ》ん

こんな永劫《えいごう》の執念をわたくしが持っておりましては、あなたの後生《ごしょう》のさまたげともなりましょう」

そのお声に意識を呼びさまされ、

「ながき世のうらみを人に残しても

かつは心をあだと知らなむ」

と、ようやっと申しあげたように思います。

その後で、あなたは、王命婦に泣きつかれ、しぶしぶお立ち退《の》きくださったということです。わたくしはまたしても意識を失い、お帰りになるあなたを覚えていないのでした。

その後、よほどこの日のことを根にもたれたと見え、あなたはふっつりと、訪ねても来てくださらなければ、あれほど度々くださったお文も、きっぱりと途絶えてしまいました。そうなるように仕向けておきながら、そうなってみてからの淋《さび》しさは、骨身にこたえるものがありました。どんなにか冷たい、かたくなな、そして情なしの女とおさげすみになられたかと思うと、声をあげて泣き伏したい想いでした。

東宮さえふっつりと見舞ってくださらないと聞くにつけ、不安で気もそぞろでした。もしや本当に重い御病気でもあそばしているのではあるまいかと思うと、居ても立ってもいられない不安にかられながら、もしも思いつめて出家などあそばしてはどうしたらいいだろうと案じ暮らしているのでした。

わたくしのつれなさにとうとう愛想をつかされてしまったと思うと、さすがに心細さはこの上もありません。自分はともかく、東宮のことまでふっつりとお心から取りのぞかれでもしたらどうすればいいのでしょう。

弘徽殿大后がかねがね不平に思いつづけていられる皇后の位も、いっそこの際、自分から退くことにしようと、決心を固めてしまいました。漢《かん》の高祖《こうそ》の寵姫《ちょうき》であった戚《せき》夫人が、高祖の死後、正夫人の呂后《りょこう》のため、手足を断たれ、目をくりぬかれ、耳を焼かれ、口のきけぬようになる薬を飲まされ、人ぶたと呼ばれ、むごたらしい殺され方をしたほどの目にあわなくとも、いずれは天下に顔もあげられぬ辱めを受けることは、まちがいのないことなのです。

そんな恥をみないためにも、やはりこの際、出家してしまおうと心が傾いていくのでした。故院のおかくれになった直後に落飾《らくしょく》しておけば、あなたの煩悩の種になるようなこともなかったものをと、今更ながら、自分の決心の遅れが恨めしいのでした。東宮を見守るためという名目をたてながら、もしかしたらわたくしの心の底の底には、慈父のような故院の愛から解放された何かがうごめいていたのではなかったでしょうか。あなたの煩悩を責める資格など、わたくしにはなかったのです。

あなたにはとうてい御相談できない問題でした。

あなたが十九、わたくしが二十四の時生まれた東宮も、すでに六歳になっています。

それとなく東宮に今の姿で別れを告げたいと思い、久しぶりで内裏《だいり》へ上がりました。いつもなら、必ずあなたがそんな時はぬかりなくお世話くださり、供まわりの心配などすべてまかせきっていられたのに、今度にかぎって、

「気分がすぐれず、ずっとふせっておりますので」

切口上の伝言で断られ、送ってもくださらないのです。

「あれ以来、ひどく気をくさらせていらっしゃるのですね」

「無理もありませんわ、あの時はほんとにお気の毒でしたもの」

王命婦と弁がこそこそ話しているのを、わたくしは気づかぬふりをして、やはり心は不安で落ち着かないのです。

東宮はしばらく逢わないうちに愕《おどろ》くほど成長なさり、それはもう可愛《かわい》らしいさかりでした。やはりなつかしく思ってくれるのか、しきりにまつわりついてくれるのです。

御所の内は、故院の御在世の頃とはすっかり様子が変わり、現在の権力におもねる人ばかりが目立ち、大后をおそれて、わたくしの参内《さんだい》を迷惑気に遠くから見守る人が多いのでした。まだ故院がおかくれになってから一年とたっていないというのに……。これが世の常だといくら自分にいってきかせても、やはり世間の冷たさが骨身にしみて涙もこらえられません。

東宮を引き寄せて、言ってみました。

「しばらくお逢いしない間に、わたくしの姿が今のようでなく、すっかり見苦しく変わっていたらどうなさいますか」

東宮はわたくしの顔をまじまじと見つめた上で、

「みにくいって、それじゃ式部《しきぶ》のようになるの。そんなことあるものですか」

と、無邪気に笑っておっしゃいます。

「いいえ、式部はすっかり年をとって、みにくくなったのですよ。そうではなくて、髪は式部よりもっと短くなり、黒い着物など着て、あの夜居《よい》のお坊さまのような姿になるのです。そうすると今よりもっと間遠にしかお逢いできません」

と泣きながら申しますと、東宮もべそをかきながら、

「今でも、長くお逢いしないと恋しくてなりませんのに」

とおっしゃりながら、涙がこぼれるのを恥ずかしいと思われるのか、つとめて

そむけようとなさるそのお顔に、髪がゆらゆらと美しく垂れているのや、目もとのやさしく匂うような愛らしい風情など、育つにつれて、なんとまあ、あなたにそっくりに写しとったように見えることでしょう。前歯が少し虫ばんでお口の中が黒く見えるまま笑っていらっしゃるその可愛らしさと艶《えん》な御様子は、女にしたいほど匂やかでいらっしゃいます。ほんとにこれほどまでもあなたに似ていらっしゃるのが辛く、珠《たま》の瑕《きず》のようにさえ思われるのも、大后たちの目がどう光るかと、空恐ろしい時世時節なればでございます。

あの不首尾な夜に受けた、あなたの自尊心の傷は想像のほか深かったと見え、あれっきり、あなたからの御消息は絶えて、たちまち日が過ぎてゆきました。

もうこうなっては、出家して、せめて東宮の後見だけでもお願いしてみようと心細く思っている頃、長く山に殊勝なお籠もりをしていたとかで、あなたから美事な紅葉《もみじ》を届けてくださいました。

「こんな美事なのはまだ見たこともありませんわ」

女房たちが久々のお訪ねに興奮してわたくしの前近くに持ってきてくれたのを見ましたら、目に立つようにお文が結んであります。嬉《うれ》しさと同時に、こんな危ないことを不用意になさってと、恨めしさが先に立って心が波立ってしまいます。大后たちが鵜《う》の目鷹《たか》の目で、わたくしたちのあら探しをしていられるのをお気づきにならないのかと、はらはらしてしまうのです。あなたがさすがに、幾分照れくさそうに、何かと話しかけてくださっても、胸が波立つことが多く、声もことばもつい取りすましたものになってしまうのは、やがて出離《しゅつり》したわたくしでも、こんな熱情で慕ってくださるだろうかと、決意とはおよそ裏腹な、意気地ない想いがこみあげてくるからなのでした。

あなたはさすがに鼻白《はなじろ》んだ御様子で、いつもよりあっさり座を立ってお帰りになりました。

「お気を悪くして、もういらしてくださらないのでしょうか」

若い弁が心細そうに王命婦に囁いているのを、聞かぬふりをして、わたくしはこみあげる涙をさとられまいと顔をそむけてしまいました。

あきらめきっていた時、夜更けておもどりになったあなたは、今まで帝《みかど》のところで話しこんでいたとおっしゃって、昼間よりは落ち着いた御様子でした。折から月が明るく照り輝いて、庭の樹々《きぎ》の影もくっきりと浮かび上がっています。御簾《みす》越しに月影にほの見えるあなたの、魔にでも魅入られそうなお美しさは、抑えこんでいる心の迷いをかきたてるようで、目を伏せずにはおられません。故院が御在世の頃は、こんな夜は管絃《かんげん》のお遊びの宴《うたげ》が深更までつづけられたものだったのにと思うと、同じ宮中とはいえ、こうも変わるものかと、淋しくなるのでした。

「たまに宮中に上がりましても、昔と変わり、深い霧がこもっているようで、帝にも親しくお逢いできなくなりました」

と、王命婦の取次ぎでいわせると、あなたはすぐ、

「月の光はたしかに昔ながらですのに、それをへだてる霧がかかり、相変わらずよそよそしく冷たいお心が辛《つろ》うございます」

と、しみじみお訴えになるのが、さすがに心にしみて、思わず出家の秘密を打ち明けてしまいたくなり、はっと、心を引きしめてしまいました。

十二月十日あまりに、故院の一周忌の、法華八講《ほっけはっこう》の法会《ほうえ》をわたくしは営みました。四日の間、日々に供養し奉る御経も、経巻の軸は玉で飾り、羅《ら》の表紙をつけ、帙《ちつ》にも編み糸や組み糸にできる限りの美しさを凝らし、悔いのないような最高のものに造りあげました。

仏前の荘厳《しょうごん》は申すまでもなく、花も香も選びぬきました。この日頃、右大臣家や大后に気をかねて避けていた上達部《かんだちめ》たちも、第三日の故院の御為の法要日には、昔と同じ盛大さで参列してくれたのには涙がこぼれました。

第四日めの果ての日はわたくしの結願《けちがん》の日でした。この日、いきなり戒師からみ仏に向かってわたくしの出家得度を告げられたのです。

参列の人々の中からざわめきがおこり、口々に何か言っています。蜂の巣をつ

ついたようなざわめきは、遠い潮騒《しおさい》のように、やがて引いてゆき、前より深いしじまが堂内をひしひしと満たしました。その間じゅう、わたくしは必死に故院の俤《おもかげ》に向かって守ってくださいと呼びかけつづけておりました。あなたの愕きのあまりに発した鋭い声を、ざわめきの中から聞きわけた時、胸に剣《つるぎ》を通されたように思いました。

いとしい人、可哀《かわい》そうな人……あなたへの哀憐《あいれん》の情が、人の世を捨てる最後のわたくしの想いであったことを白状いたします。

「こうでもしなければ、あなたのお心の熱さに、わたくしの心が今にもとかされてしまいそうで、それが恐ろしかったのです」

そういう心の底の真実を打ち明けることができれば、どんなに気もやすまったことでしょう。

導師のお言葉を口移しに、

「流転三界中《るてんさんがいちゅう》
恩愛不能断《おんないふのうだん》
棄恩入無為《きおんにゅうむい》
真実報恩者《しんじつほうおんしゃ》」

と称《とな》えながら、わたくしは自分の救われることより、あなたの煩悩の苦しさをひしひしと感じつづけていたのです。

いよいよ落飾が始まると、人々の泣き声がまがまがしいほど、あたりに満ちあふれました。

閉じた瞼《まぶた》の中に、あなたの涙をたたえた恨めしそうな、いつもわたくしの非情を責める時のお顔が、いっぱいにひろがり迫ってまいります。

こんな一大事を一言も聞かせていただけないほど、わたくしはあなたにとって取るに足りない人間だったのですね。あなたはそう言ってわたくしの肩に掴みかかりたいのでしょう。

あなたの撫《な》でさすってくれたわたくしの黒髪、わたくしたちの罪の秘密のすべてを共有したわたくしの黒髪……今、それが断ち剪《き》られている時、あなたの呻《うめ》きがわたくしにはっきりと伝わってくるのでした。

戒師が私の出家を告げた時、あなたが気を失うのではないかと思われるほど露《あらわ》に驚愕《きょうがく》なさったので、はらはらしたと王命婦が話してくれました。

あの夜、更けてから、姿の変わったわたくしを、あなたはひそかに訪ねてくださいました。

あの時も月が恥ずかしいほど明るく照り輝いておりました。人々が散り果て、あたりは女房も少なく、物皆がひっそりと、息をひそめているような時でした。

あなたは、うち沈んだお声で、

「いったい、どうして、こんなことを急に御決心なさったのですか」

なんの相談もなくという想いを、恨めしげに言葉の外にこめて問われるのに、

「今はじめて思い立ったことではありませんけれど、打ち明けて皆に騒がれると、決心も鈍るかと恐れまして」

と、王命婦に取り次がせたのでした。あなたとの恋を封じるためとは、あなただけはわかってくださっていると思うと、かえってお嘆きのさまがいとしくて、涙がこぼれてなりませんでした。とても、心強くはなれないまでも、こうなった上は、み仏が頼りないわたくしの心をお守りくださり、あなたが東宮の御身の安全をお守りくださるであろうと、それのみ頼まれてなりません。

もっと深いところには、あの恐ろしい罪のつぐないを、出家によってこの世で少しでもさせていただこうという想いもひそんでおりました。もちろん、あなたの分までも。

故院もあなたも、あれほどいつくしんでくださった黒髪を剪られる時、千筋の黒髪が声を放って呻きをあげているように思い、その瞬間、あなたの手にしっかりと摑まれていて逃げようとした軀が弓なりに反りかえったあの夜のさまと髪の痛みが、ふいに全身によみがえり、この場でこんな想いの浮かぶわが身の罪障の

深さに、ひそかに息をつめ、おののきおそれたことをどうしてあなたに告げられましょう。

罪深いわたくしが出離するくらいでは、み仏は許してくださらないのでしょうか。今はただ、朝晩のお勤め一筋に身も心も澄まして懺悔の生活を送っておりますのに、世の中の黒いまがまがしい霧は一向に薄らぐことも晴れる様子もなく、不気味な不穏な気配ばかりが、日増しに色濃くなっていくようです。

わたくしへの当然の手当てが惨めなほど減らされるなどは物の数ではありません。故院の御霊《みたま》がどれほど憤っていらっしゃるかを思えば悲しいのですけれど、尼となったわたくしの生活は、かつて想像もしなかったほどつつましく過ごすことができるのです。

それより、なぜあなたが官位を剝奪された上、流罪の審議までされたというのでしょう。世を捨てたわたくしの耳にさえ、あなたと尚侍《ないしのかみ》の噂は伝わってきています。当面の罪が、帝の御寵愛の人をあなたが奪ったということであるとされているようですが、本当はそれはひとつのきっかけに過ぎず、根はもっと深いものなのでしょう。

東宮を擁してあなたが謀反を企てたというありもしない事件が、黒い手によってつくりあげられているのだと察します。

官位剝奪といい、流罪といい、恐ろしい謀反者にしか適さない罰ではありませんか。あのおだやかな帝が、気の強い大后やその意のままにされている右大臣たちにあやつられ、帝としてのなんの権威もなく、こんな悪政を強いられていることを故院が御覧になれば、どのようにお怒りあそばすことでしょうか。

あなたが御自身から身を引かれ、須磨とやらに行かれ隠退あそばすことは、あるいは賢明な進退であるのかもしれません。

それにしても、これがもし、あの秘密の罪の報いとして、あなたに科された仏罰ならば、その半分はわたくしも分けもつべきはずのものです。あなたひとりに流謫《るたく》の苦しみをなめさせて、どうしてわたくしがひとり都に残って安閑と暮らせましょう。

どんなに心に炎が燃えていても、出離したわたくしとあなたの間には、もう何も男と女の艶《つや》めいた係《かか》わりは起こり得ないのですもの。今、わたくしが心の底から、あなたの不運を素直に嘆き、あなたの不幸に心を寄りそわせたとしても、み仏もおとがめにはなりますまい。

明日出発という今夜、どんなにかあわただしいであろう中を、いとま乞いにここまで訪ねてくださったあなたを、わたくしはどんな想いでお迎えしたことでしょう。

さぞかし、明日をひかえたこの数日、お別れを告げにゆかねばならぬさまざまなお方も指折れないほどいらっしゃるでしょうに、世を捨てたわたくしまで忘れず、その中に数えてくださったあなたを、今日ほど帰したくない想いにあふれて、見送ったことはありません。思えば、わたくしたちの恋は、いつでもなんというはかない夢のようにほのかな逢瀬だったことでしょうか。

今夜ばかりは王命婦に取り次がせることなどせず、わたくしたちは直々にお話しいたしました。

「このような思わぬ無実の罪に問われますのも、思いあたる秘めごとの天罰かと思うにつけて、空恐ろしい気がいたします。わが身はどうなり果てようとも惜しくもない命ですが、命にかえても東宮の御代《みよ》さえ御安泰ならばと願うばかりです」

と、しおしおとおっしゃるお声の心にしみるひびきといい、これまでになく間近に見るお姿の優雅さといい、ああ、あなたも人の世の苦労を身にそわせて、大人びていらしたことよと、涙にむせんでしまいました。

この涙は故院の霊も、許してくださりはしないでしょうか。

「お名残惜しくて限りもつきません。はや明るくなってまいりましたので、御陵《みささぎ》にお別れにまいります」

立ち上がったあなたにつられて、思わずわたくしも糸にひかれるようにいざり寄ってしまいました。いつの逢瀬も、罪のとがに泣き沈み、立ち去るあなたのお姿を見送ったこともなかったと、しみじみ思いかえされました。

この想いのたけの告白も、朝の勤行《ごんぎよう》のお灯明《とうみよう》の炎ですべて焼き捨ててしまうことでしょう。

どれほどの恋に燃えても、躯が灰になれば肉体も想いもすべて雪のように白いということが、恩寵《おんちよう》なのでしょうか。

恋しいあなた、いとしいあなた、必ず御無事でお帰りあそばしますように。そのための犠牲がいるなら、どうかみ仏さま、わたくしの数ならぬ命をお召しあげくださいますように。

明石

あかし

明石《あかし》の尼君のかたる

女の生涯は、縁あって結婚した夫によって決まってしまいます。わたくしも風変わりな夫を持ったばかりに、思いもかけない生活をすることになってしまいました。

夫の親は、大臣もつとめた相当な家柄に生まれましたが、生まれつき頑固で一徹で、人との交際がなだらかに行かず、誤解されることも多く、いつの間にか変わり者だとの定評がつけられてしまいました。自分でも、それやこれやで面白くないことが重なったのか、近衛中将《このえのちゆうじよう》の時、突然、その地位を捨て、自分から願って播磨守《はりまのかみ》になって都落ちをしてしまいました。

播磨は大国と申しましても、やはり受領《ずりよう》の一人になったにすぎません。

わたくしの祖父は中務卿親王《なかつかさきようのみこ》で、わたくしの出自は一応宮家でしたので、受領の妻になるなど思いもよらない育ちをしてまいりました。

夫がどうしても受領になって都を捨てると申しました時、心細くて、思いきって夫と別れてしまおうかとも思ったのですが、一徹者の夫の中に、一筋の真実なものを認めておりましたので、泣く泣く夫について播磨に下ってまいりました。

受領になったところで、片意地で融通性も妥協性もない夫は、領地の者たちに手ひどい反抗を受けたりして、結局統治に失敗してしまいました。あんまり不名誉で、もう都へは帰れないと、その時、出家してしまったのです。出家者らしく、ふさわしい山の奥へでも庵《いおり》を構えるべきだったのですが、年の開いたわたくしと、その頃生まれていた幼い娘を淋《さび》しがらせまいと、風景の美しい明石《あかし》の浦《うら》に邸宅を構えました。

御承知のように受領を何年もしておりますと、貯《たくわ》えだけは自然にたまってまいります。もともと受領になどなったのも、わたくしにせめて豊かな暮らしをさせたいという気分からなのですから、明石の邸宅は、金にあかせて、それは身分不相応な立派なものにいたしました。

海辺に近い所にも、山手の高台にも大きな邸宅を建て、渓流にそった静かな所には、入道《にゅうどう》がお籠もりして勤行《ごんぎょう》をする三昧堂《さんまいどう》も建てました。余生を豊かに送るための財物を貯えた倉町《くらまち》もつくりました。

娘は高潮を恐れて、わたくしと共に、ほとんど山手の邸《やしき》に住まわせるようになりました。

夫は出家いたしましたのに、この一人の娘にかけた恩愛の迷いからは逃れることができなくて、ただもう、自分の不如意だった人生の埋め合わせのように、娘の将来にだいそれた望みをかけているのでした。

年頃になりましたら、やはり娘にも受領階級の人からの結婚の話も入ってまいりますが、入道は頭からそういう縁談は無視してしまいます。日頃から娘に向かっては、

「結婚の望みは高く持って、入内《じゆだい》するか、それに匹敵するほどのお方でなければ結婚などするのではない。もしわたしが早く死んでそなたの後見人がなくなり、そういう結婚が不可能になれば、いっそ海へ身を投げて死んでしまってくれ」

などと、呆《あき》れたことを本気で申し聞かせるのでございます。するとまた娘も、どこか父親に似て、妙に気位の高い、かたくななところがありまして、その親の教えを本気で守りかねない心がけに見られます。わたくしひとりが、そんなことでは、みすみす、女の幸福を取り逃がすとおろおろ心を痛めているのでした。

そんな頃、全く思いもかけない世の成行きになって、光源氏《ひかるげんじ》の君《きみ》さまが、何か都で罪を得られたとか、こんな辺鄙《へんぴ》な片田舎に御自身から進んで流されていら

っしゃったのです。なんでも公のお咎《とが》めを受けられて、官位まで剝奪されたということですから、並々の事件ではなかったのでしょう。桐壺院《きりつぼのいん》が御崩御《ごほうぎょ》あそばされてからは、弘徽殿大后《こきでんのおおきさき》の御一族がお力を得て、何もかも政治向きのことも急速に変わっていったということでした。

夫の入道は、光君《ひかるのきみ》さまの御不運を、かえって娘の運命のためには好都合と喜んだようです。ある日、わたくしに、

「故桐壺院の御寵愛《ごちょうあい》なさった更衣《こうい》の御腹の光源氏の君さまが、須磨《すま》の浦《うら》に流されていらっしゃった。これこそわが娘の御宿縁で因縁のある御縁なのです。なんとかして光君さまに娘をさしあげたいものだ」

など言い出すのです。わたくしは呆れて、

「まあ、とんでもない。京の人の噂《うわさ》を聞けば、あのお方は、貴い御身分のある北の方や愛人など、たくさんお持ちになっている上、それだけでなく、生来の浮気心がお強くて、こっそり忍び忍びして、帝《みかど》の御寵愛の方とまで過ちを犯してしまわれたというじゃありませんか。それが因《もと》で、須磨へ流謫《るたく》のお身の上にもなられたとか。そうまで世間で評判になるお方が、どうしてこんな田舎者をお相手になさいましょう」

といいました。入道はすっかり腹を立てて、

「あなたなどに政治のことなど何がわかるものか。わたしにはちゃんと心づもりがあるのです。そのうちきっと機会をつくって、ぜひここへのお立寄りをお願いするつもりだ。そのつもりであなたもしっかり心の支度をしているように」

と、むきになって頑固にいうのでした。

「可愛《かわい》い娘の結婚の門出に、いくら光君さまがありがたいお方といっても、現在流罪になっていらっしゃるようなお方を、選《よ》りに選って婿にと願う親があるでしょうか。それにまたあちらさまで、娘にお心をとどめてくださるようならばともかく、冗談にもそんなことがあるはずもありません」

と、わたくしも思わずきつく言ってしまいました。

入道は、それでもぶつぶつ文句を言って、

「罪に問われることは、唐土《もろこし》でもわが国でも、光君さまのような、何事にもすぐれた天才の上には、必ず起こる災難なのだ。いったい光君さまをどういうお方だと心得ているのだ。あのお方の御生母の桐壺更衣は、わたしの叔父《おじ》の按察使大納言《あぜちのだいなごん》の娘で、わたしとは血をわけた従兄妹《いとこ》どうしに当たる仲で、まんざらの他人ではない。桐壺更衣は、実に何事にもすぐれた女性で、宮仕えに出すと、すぐに帝の御寵愛が一身に集まってしまって比べる者もない有様なので、他の女御《にょうご》たちの理不尽な嫉妬を受け、亡くなってしまわれたが、光君さまをこの世に残されたのは、すばらしいことだ。女というものは、すべて桐壺更衣のように理想は高く持つべきだ。たとえ父のわたしがこんな田舎で落ちぶれていても、古い縁故でよもやわたしたちをお見捨てにはなるまい」

など甘いことを口走るのです。

娘は容貌などはとりわけすぐれているとはいえませんが、親の口からいうのもおこがましいのですが、優雅で上品に育ってくれ、たしなみ深い見識のある態度などは、貴族の姫君に比べても恥ずかしくはないと思われるのでした。偏屈な父の影響を受けながらも、自分のことは客観的に冷静に見きわめていて、こんな田舎者を、父のいうような高貴の方は眼中にも置いてはくれないだろうし、かといって自分の境遇相応の者との縁組みなどは決してしようとも思わない、もし長生きして、頼りに思う両親にも先立たれるようなことがあれば、尼にでもなってしまおう、海へ身を投げもしようなどいっこくに考えつめている様子でした。

入道は娘を大事がりかしずいて、年に二度は住吉《すみよし》の社《やしろ》に参拝させ、娘の前途をひたすらお祈りさせているのでした。

入道がそれほど想《おも》いをかけておりましても、身分の違いから、目と鼻の須磨の御隠棲所《ごいんせいじょ》に心安くお訪ねもできないのでした。配所《はいしょ》には、前々から、それとなく娘に想いをかけていた今の国守の息子の良清少納言《よしきよのしょうなごん》がお側《そば》近くにお仕えしていようですが、良清少納言には、娘のことで気まずくなっているので、お取次ぎも頼みかねています。

そうこうするうちに、この年は天変地異が不気味なほど多く、須磨も、明石も、都も、長雨と暴風雨に見舞われ、この世の終わりが来たかと思われるほど、気味悪い心細い日がつづきました。

そんなある暁、入道は、須磨へ舟で光君さまをお迎え申せと住吉明神の夢告を受けたと言いだしました。入道は頑として神託を信じ、お告げの通りに三月十三日に舟をだしますと、矢のように舟が海上をすべり、たちまち須磨の海辺に着きましたそうです。

その前日まで、須磨は恐ろしい暴風雨の上に、雷が御座所《ござしょ》近くの廊に落ち、燃え上がるという凶事もあり、光君さまも、ほとほとお心細く思召《おぼしめ》していらっしゃったところへ、入道があらわれたものですから、つい、すすめられるままに、明石へ御転居あそばすお気持になったと承っております。

こうして、ほんとうに夢のようなことですが、光君さまを、わが邸にお迎え申しあげることになったのでした。入道は、もうこれで願望の大方は叶《かな》えられたように喜び、光君さまのたぐいまれなお顔を、ほのかにお仰ぎすることが叶ったなど、男泣きに泣いて感動するのでした。

まるでこの日のために、明石の邸や庭を造ってお待ち申しあげていたのだといわぬばかりでした。入道はそれとなく娘のひとりいること、できるだけ幸せな結婚をさせたいけれど、こんなところではふさわしい相手も見つからないなど、折にふれ娘をさしあげたいような口ぶりをほのめかし申しあげるのですが、世間の噂のように好色なお方ではないと見え、さりげなく入道の話を聞き流していらっしゃる御様子です。

それでも、場所柄、御退屈と見え、六十を数える入道が生きてきた折々の見聞や、記憶に残る珍しい事件など、昔語りをお聞かせするのは、興味深くお聞きになられるので、入道はありがたがって、始終お側に参上して御奉仕申しあげるのでした。

あんなだいそれた望みを持っていたものの、お近づきすればするほど、近まさりのする御様子に、今はすっかり圧倒され、気おくれがして、娘のことなど言いだすこともできないのが残念だと、毎日のようにわたくしにぐちるのでした。

娘自身は、ほのかにお姿を物陰から拝して以来、この世にこんな美しいお方もいらっしゃるのかと思ったにつけ、わが身の分際が身にしみ、とても及びもつかぬ遠いお方と思い決めているようでした。わたくしどもが、まだあきらめきれずにあれこれお噂しているのを聞いて、かえって情けないような想いをこらえているようにさえ見えます。

初夏の月が空にかかったのどかなある夕月夜のことでした。つれづれに光君さまが琴《きん》をかき鳴らされる美しい音が、わたくしどもの居《お》ります山の邸のほうまで風に乗って聞こえてまいりました。その音《ね》の肺腑《はいふ》にしみいる悲しいしらべに、わたくしどもも思わず涙をこぼさずにはいられませんでした。その音を洩《も》れ聞いただけで、さりげなくしていらっしゃる光君さまのみ心の深い憂悶《ゆうもん》がお察しできておいたわしくてなりません。

入道は山の邸から琵琶《びわ》や箏《そう》の琴《こと》を取り寄せ、さまざまに弾きお聞かせして、すっかり感激してしまいました。感動のあまり、また例によって、娘の自慢になり、娘が琴を上手に弾くなどつい得意気に吹聴《ふいちよう》したりしたようでした。入道は箏の琴も琵琶も相当にたしなみましたので、その夜はさまざまに面目をほどこしたようで、帰りましてからも興奮がさめやらず、その夜の光君さまのお言葉や御様子を手にとるように話してくれるのでした。

「今夜はつい感興に乗って、音楽のために日頃よりいっそうお心近くにまいれたような気がして、姫のこともついくわしくお話し申しあげてしまった。住吉明神に願をかけ、姫のごく幼い時から必ず春秋二回参詣させているのは、姫をなんとかして貴い方に縁づかせようという高い望みのためだと、正直に申しあげてしまった。自分はこう落ちぶれてはいるが、親は大臣の位についた家柄ということもお話し申しあげた。

　自分が死ねばつまらぬ男と縁組みなどせず、いっそ海に身を投げよと、日頃、姫に申しつけている話までお聞かせしてしまった」

「まあ、なんというだいそれたことを」

　と、わたくしが呆れはてて恥ずかしがりますと、入道は胸を張って、

「なんの、人が真心で申しあげることは、通じるものだ。まして住吉明神の霊験もある。光君さまは、わたしの話をもらい泣きなさりながらお聞きくださった上で、

『無実の罪を着せられて、こんな辛《つら》い運命に耐え、このようにさすらっているのも、どういう前世の罪の報いかと、情けなく思っておりました。今夜のお話によると、わたしどもは浅からぬ前世の契りがあって、こうしてめぐりあえたのだと思います。どうしてこんなはっきりしたお話を今まで御遠慮なさったのですか。都を離れて以来、勤行以外には心が向かず、淋しく日が過ぎていました。こちらにそうした美しい姫君がいらっしゃるとは、ほのかに噂には聞いていましたが、どうせ縁起でもない罪人の自分など、相手にもしてくれないだろうと気落ちがしていたのです。今のお話ですと、こちらの姫君に逢《あ》わせてくださるということとな

のですね。どんなにか心細い淋しい独り寝が慰められることでしょう』

と、おっしゃったのだよ。ああ、これで長い間祈りつづけてきた甲斐《かい》があったというものだ。あなたはいつもわたしの高望みを馬鹿にしていたが、どうだ、やっぱり切に願えば叶うものなのだ」

と、もう大得意でございます。でも、もしそれが本当なら、これは大変なことになったと、わたくしは気が気ではありません。

さて翌日の昼ごろ、入道が酔いに見た夢でなかった証《あかし》に、海辺の邸からお文《ふみ》が届きました。朝鮮渡りの胡桃色《くるみいろ》の紙に、ずいぶんと気を遣った丁寧なお文でした。入道はたぶんお文を今日くださるだろうと、山手の邸のほうへ来て待機していましたので、もうすっかり有頂天になり、お使いを大げさなほどもてなして酔わせてしまいました。

娘はどうしてもお返事を書こうとはしません。入道があわてて娘をせきたてますが、一向に聞きいれないのです。あんまり光君さまのお文がすばらしいので、娘はすっかり気おくれがして、身分のちがいも恥ずかしく、とうとう、気分が悪いといって寝てしまいました。父親似でそんな頑固なところがあるのです。仕方なく、入道がお返事をしたためました。

「あまりにもったいないお文をいただきまして、娘はどうしていいかわからないほど感激しております。感動のあまりお返事も書きかねております」

という意味の代筆を、恋文にはふさわしくない檀紙《だんし》（和紙の一種）に古風に書いてさしあげました。お使いには女の裳《も》の立派なのまで渡しました。

光君さまは、自分の手でお返事もさしあげない娘をどんなにか生意気な勿体《もったい》ぶった女とお想いになったことでしょう。それでもまたの日、もう一度お文が届きました。

「代筆の手紙など、まだ貰《もら》ったこともありません」

と、はじめに嫌味が一言書いてあって、

「いぶせくも心にものをなやむかな
　やよやいかにと問ふ人もなみ
まだ見ぬあなたに恋しいとも言いかねまして」

とあります。今度も娘はお返事を書きしぶります。今度のお文はたいそう優美な薄い鳥の子紙に、なんともいえず美しく書かれていたのです。こんな魅力的な恋文をもらって感動しない若い女がいるでしょうか。娘も心からありがたく嬉《うれ》しくは思いましたものの、及びもつかぬ自分の身の程を思えば、この恋の行く末が見えて何もかも無駄だと思われるようでした。かえって、自分というものがいるのを光君さまがお知りになったと思うだけで涙ぐまれて、前と同様、一向にお返事の筆をとろうとはいたしません。入道がやきもきして、無理にせめたてて、とうとうしぶしぶ筆をとりあげました。

たっぷりと香をたきしめた紫の紙に濃く淡く墨を散らして、

思ふらん心のほどややよいかに
まだ見ぬ人の聞きかなやまむ

と、ようよう返歌をしたためてくれ、入道もほっといたしました。

後でお側の方から、娘の文は、都の貴女にも劣りはしないと、光君さまが感心して御覧くださったと洩れ聞き、どんなにかほっといたしましたことか。

それから、折にふれお文が届き、娘も御返歌をさしあげて、日が過ぎていきました。

お文を通して、気位の高い娘の性質や趣味などがだんだんわかっていただけたようですが、素直ではなし、意地っぱりで、卑下もみせないので、さぞ気の強い女と思われたことでしょう。たやすくはなびく風情を見せないまま、時が流れてしまいました。

光君さまは、娘を御自分のいらっしゃる海辺の邸にお呼びよせになろうと入道におもちかけなさるのですが、娘はそんなことを承知いたしません。ただの田舎娘なら、都から来た男のうまい口車にのせられて軽々しくなびくこともあろうが、どうせ自分などあのお方に本気で思われているわけでもないのだから、もし軽率になびいてしまったら、ひどい気苦労の種をつくることになるだけだろう、こんなふうにとんでもない高望みをしている親たちも、自分がこうして未婚でいるからこそ高望みの夢も描けるので、現実にそんなことになれば、かえって様々な心配にとりつかれるにちがいないなど、取越し苦労をして素直になびこうとはいたしません。

それにしてもこうして明石などに流謫になればこそ、自分のようなものにお文も下さるので、それだけでも分に過ぎた光栄と思い、夢にも契りを結ぶなど考えもしない有様なのでした。そんな気持を娘から聞かされているだけに、わたくしは、迂闊《うかつ》に娘をお逢わせして、万一見捨てられるようなことにでもなれば、どんなに辛い思いをするだろうと、悲惨な行く末も思いやられて、そうなれば光君さまがどれほど御立派な方であろうと、やっぱり辛く、うらめしく思うだろう、目にも見えない神とか仏をあてにして、肝心の光君さまのお気持もたしかめず、これから先どうなってゆくかも知らずに、今になって、あれこれ心配して悩んでいるのでした。

「この秋の波の音にあわせて、お宅の姫君のお琴の音を聞かせてほしいものですね。美しい季節のいい思い出になるでしょう」

などと、しきりに光君さまが洩らされるようになったとかで、入道は感激して有頂天になり、暦で吉日など選び、ついに長い歳月祈りつづけた甲斐があったなどと、気もそぞろになりました。わたくしがまだ、あれこれ心配し取越し苦労をするのに耳もかさず、誰にも相談もせず、自分ひとりでのみこんで奔走し、娘の部屋をまばゆいまでに飾り調えて、その日の支度に余念もない有様です。

そしてついにその日になりました。

八月十三日の月がはなやかに上りはじめた頃、ただ「あたら夜《よ》の」とだけ書いた御招待状を入道から浜の邸にお届けいたしました。

あたら夜の月と花とを同じくは
　あはれ知れらむ人に見せばや

という古歌の意を伝えた、気取った招待状のつもりなのでしょう。

ほどなく光君さまが、二、三人のお供だけを従え、ごくお忍びのかたちで山手の邸にお越しになられました。わたくしども女たちは、畏《おそ》れ多さと、一目見たい好奇心から、物陰から息をつめて御一行を盗み見しています。娘とてやはり同じ思いと見え、上気した頰で、人々の後ろから息をつめて覗《のぞ》いています。

月光のさしこむ庭を静かに歩いてこられた光君さまは、美しい水色の、見るからにおろしたてと見える直衣《のうし》を、優雅に着こなされていらっしゃいます。まあこれがこの世のお方かと思うほど、不吉なまでに美しいお姿なのでした。

光君さまに提供した海辺の邸は、すべて当世風に派手に美々《びび》しく飾りたててありますが、山手の邸は、まわりの木々も鬱蒼《うっそう》と茂り、幽邃《ゆうすい》な雰囲気にすべてをまとめてあります。三昧堂が近くて、勤行の鐘の音が松風に響きあって物悲しく聞こえてくるような風情でした。

入道に案内され、光君さまは虫の音のすだく庭のあちこちを逍遥《しょうよう》されてから、入道の手引きで、娘のいる部屋の縁側まで、いきなり近づいていらっしゃいました。

娘は今夜すぐ、まさかこんなに近々とお迎えするとは思いもよらなかったので、恥ずかしがって、よそよそしくしか応答できないようです。物陰から、わたくしと娘の乳母《めのと》は息をつめて様子をうかがっております。

光君さまは、まるで物語の中の貴公子の愛の囁《ささや》きのような、美しい言葉や情熱的な言葉を、雨のように娘にかけられ、それにつれてお軀《からだ》も、縁から部屋の中へとすり寄せていらっしゃるのでした。

「都では若さにまかせて、少なくはない恋らしいこともしましたが、こんな淋しい所に流されての暮らしの中でこうしてめぐりあったあなたへの想いは、そうした想い出のすべてをかき消すような気がします。でも、はじめて逢ったあなたが、そんなに冷たくあしらわれるのは、やはりこういう落ちぶれた身分のわたしを心の中でさげすんでおいでなのかと、情けないひがみも生まれてくるのですよ」

まあ、もったいないと、思わず乳母がうめき、あわてて自分の袖で口をおさえています。

娘はほんとに歯がゆいほど気がきかず、ぎこちなく堅いばかりで、はらはらいたします。もう少し可憐《かれん》にやさしいおあしらいができないものかと苛立《いらだ》っていると、どうした拍子でか几帳《きちょう》の紐《ひも》が動いて、さっきまで娘の弾いていた十三絃《げん》の琴の糸にさわって、張りつめた音がさっとながれました。

「今、琴の音がしましたね。せめてせっかく訪ねて来たわたしに、お琴でも聞かせてくださいませんか。

むつごとを語りあはせむ人もがな
うき世の夢もなかばさむやと」

光君さまが品のいい調子をつけてお歌を詠《よ》みかけられました。さあ、娘はどんなお答えができるかと、掌《て》に汗をしておりましたら、

「明けぬ夜にやがてまどへる心には
いづれを夢とわきて語らむ」

と、まあまあ、ひいき目にも上品に、都の貴女にも負けないようなお答えぶり

と覚えました。

ところが娘はその歌をお返しすると同時に、そわそわと奥の部屋へにじり入ってしまったのです。そして戸まで閉め、開けられないように内から鍵をしてしまいました。光君さまはさすがに娘の無礼さに興をそがれた御表情をかくしもなさいません。こんな態度の娘に心底からお腹の立った御様子で、席を蹴たててお帰りになるのかと思ったら、立ち上がって、娘の後を追って入ろうとなさいます。乳母が、機転をきかせ、中から娘のかけた鍵を開けておきました。光君さまはそのまま、娘のかくれた帳台《ちょうだい》の中まで押し入っておしまいになりました。わたくしから一部始終を聞いた入道は、涙を流して喜んでおります。住吉神社の方角へ向かってひれ伏し拝む有様でした。

次の朝は人目をはばかり、早すぎると思われるほどの時にお帰りになりました。後朝《きぬぎぬ》のお文は、これまでとちがい、ひどく忍んで届きました。こちらもこの事を公然のことにはしたくなく、使いに対しても、あまり派手なもてなしは遠慮いたしました。

娘は早くも、そういうことで人より高い自尊心の誇りを傷つけられたようで、ふさぎこんでいます。光君さまがそんなに事を秘めやかになさろうとするのは、やはりこのことが都の奥方さまに伝わるのを恐れていらっしゃるからでしょう。

この後は時々、人目をはばかりこっそり忍んで訪ねていらっしゃいます。海辺から山手までの道で、人に見とがめられるのをたいそう恐れていらっしゃる御様子で、そのため、恋のはじめの毎日というような情熱的な訪れでないことが、娘にはまた耐えがたいほどの屈辱と思われるようでした。

光君さまの前では顔色にも出しませんが、ひとりになると、物想いに沈んでいます。入道もやはり、このことが心にかかり、あんなに有頂天に喜んでいたのが、今は勤行もなまけがちで、新しい心配にやせる想いをしております。

そのうち、ぱたりと通われるのがとだえて、またたく間に数日も過ぎました。あまりといえば早すぎる夜離《よが》れに、娘は、ああ、やはりという思いで、嘆きのあまり起き上がれないほどになりました。

娘以上に愕《おどろ》きあわてた入道が、ひそかに手を廻《まわ》してさぐらせますと、どうやら、都から奥方さまのお便りが届いた日から、光君さまは悩ましげになさって、人にも逢いたがらず、絵ばかり描いていらっしゃるというのです。

「これはたぶん、こちらのことが都の奥方さまに洩れ聞こえて、お恨み言が届いたのですね。こういうことはいつかはわかることだし、はじめから、それくらいのお覚悟でのぞんでくださったのではないのでしょうか。それともあなたは、配流《はいる》の間だけのお慰みに娘をお使いくださいとでも交渉なさいましたの」

わたくしも腹に据えかねて、入道を責めずにはいられません。

でもまあ、それっきりにはならず、また通ってくださるようになり、わたくしどもの目にも、娘の魅力に光君さまが次第に溺れこんでいらっしゃる御様子が拝されるのでした。娘も、しかとは申しませんが、男に愛される女だけに見られる、あの身内の底から照りはえるような美しさとなまめかしさが顔にも軀にもにじみでてまいりました。

こうして一年近い月日がまたたく間に過ぎてしまいました。

それとなく噂は春頃から伝わっていたのですが、七月に入って突然、帝から光君さま召還の宣旨《せんじ》が下り、そのお知らせが明石に届きました。帝がお目を病まれ、次第にそれが重態になられた上、弘徽殿大后も御病気がちで、御容態が重くなる一方だというので、それもこれも物の怪《もののけ》のたたりと思われたのでしょう、さまざまな不思議な恐ろしいお告げがあったのだとか、今度ばかりは、帝が弘徽殿大后に反抗なさって、このことを決定されたのだとか、まるで見たようにいう噂も、このあたりまで流れてまいりました。

いつかはと恐れていたその日が、こうも早く訪れようとは……。やはり娘の運ははかなかったのだと、わたくしは目もつぶれるかと思うくらい泣きました。

入道は、御寵愛の深さから、都へ共にお連れくださるだろうなど甘い夢を見ておりますが、都の奥方さまへの並々ならぬ御愛情を、この一年を通じてお察しできたわたくしや娘は、そんな甘いことは考えもいたしません。やはりこれでうち捨てていかれる運命だろうと思うのです。

幸か不幸か、娘はすでに、光君さまのお胤《たね》をお腹《なか》に宿しておりました。

光君さまは、もう夜離れなさる日もなく、通ってくださいます。もちろん都への御帰還にお胸のうちは喜びであふれていらっしゃいましょうが、それと同時に、別れていかねばならぬ娘とお腹の御子《みこ》への愛憐《あいれん》の情が深まるように拝されました。娘の心のうちは察するだけでも涙があふれてまいります。

そしてついに御帰還が明後日という日を迎えてしまいました。

この日はさすがに、いつものように夜が更けきるのも待たず、最後の夜だということで宵のうちからお渡りになりました。明るい陽《ひ》の中で、誰もがはじめてありありと拝した御様子は、二年の配所の御苦労でやや面《おも》やせしていらっしゃるのが、かえって凄《すご》いほどの美貌をきわだたせ、美しいなどという形容では言いたりません。光君さまも、ありありと陽の光で御覧になった娘の美しさや魅力に、改めて目をみはられたようだったと、乳母が洩らしておりました。

この日は始終涙ぐまれて、必ず近いうちに都へ呼びよせるから、決して将来の心配はしないようにと慰め、こまごまと未来について娘にお誓いになったとか申します。

この日は最後なので、かねて御所望だった娘の琴の音を聞きたいとおっしゃって、浜の邸から、御愛用の琴《きん》の琴《こと》を取り寄せられ、お別れに弾いてくださるのでした。

入道は感動して涙を流しながら、箏《そう》の琴《こと》を、そっと娘の御簾《みす》の中にさしいれました。今宵《こよい》ばかりは娘も心をこめて、箏の琴を弾きました。それは上品で優雅な演奏ぶりで、澄んだ秋の夜の空気に、どこまでも音色が冴《さ》えて、ひとしお深くひびきわたりました。

「こんなに上手なのに出し惜しみして、なぜ今夜まで聞かせてくれなかったのでしょう。それにしても音楽の才能にはただならぬものがありますね」

終わりのほうは入道に向けておっしゃるのを、入道はもう目もあけられないくらいに泣き乱れ、顔もあげられません。

「この琴は二人でふたたび合奏する日まで形見にあげておきましょう」

と押しやられると、娘は、

「軽いお気持でおっしゃってくださるうれしい言葉を、わたくしはいつまでも悲しみに泣きぬれながら思い出すことでしょう」

と申しあげるのでした。

「この琴の調子が狂わないうちに、必ず逢いましょう」

と慰めてくださるようです。娘はただ目の前の別れという現実の悲しさに、ひたすら泣きむせぶばかりでした。

いよいよ御出立の朝になりました。暗いうちに御出立という上、京からすでにお迎えの方々が前日から到着して大騒ぎの中から、それでも光君さまは、娘へ最後の別れのお文をよこしてくださいました。

「うち捨ててゆく後のあなたの嘆きを思うとたまらない」

とあったのに、娘からは、

「御出立の後は、この住みなれた浦の苫屋《とまや》も荒れ果てるばかりでしょう。いっそあなたのお帰りになる海に身を投げとうございます」

と、いつもに似ない素直な心を、そのまま打ち明けてあったと、乳母が泣いておりました。

娘が泣く泣く御用意した出発のお着物の代わりに、御自分の肌につけていられた着物を形見に残してくださいました。光君さまのあの匂いのしみついたお着物をかきいだき、娘はその場に倒れ伏して泣き沈んでしまいました。

何もかも過ぎ去ってしまい、前より淋しくなった明石で、わたくしは、

「どうしてこんな悲しい結婚をよりによってさせてしまったのでしょうね。頑固

なあなたの言いなりになったのがまちがっていたのですわ」

と、入道へ恨み言をいいますと、

「うるさい。あのお方がこれっきり見捨ててしまわれるものか。まあ、湯でものんで神経を静めなさい」

など強気にいいます。それでも入道もやはり心細いと見え、いつになく部屋のすみに寄って小さくなっています。

わたくしと乳母は、愚痴ばかりいって泣き、そんな入道を責めつづけました。

入道もすっかり心が弱り、目に見えてもうろくして、

「数珠の置き場も忘れてしまった」

など素手で拝んだり、あげくの果てには行道《ぎょうどう》しては遣水《やりみず》に倒れこんだり、岩で腰を打ったり散々です。腰の痛さのある間、心の辛さは忘れていられるというあわれな有様となりました。

その間にも娘のお腹の御子は日ましに育っているのでした。

ほんとうになんという、むごい御縁を結んでしまいましたことやら。

紫

✸

むらさき

紫上《むらさきのうえ》のかたる

まるで日も月も消え果てたような、外の世界も心のなかも闇に閉ざされきったような、足かけ三年の歳月が流れていました。長い長い月日でした。

あなたのいない二条院《にじょうのいん》は灯《ひ》の消えたような暗さで、自分がそんな冷たい暗い場所に生きていられることが不思議でなりませんでした。

あなたがいよいよ須磨《すま》に旅立たれると決まってからの毎日、わたくしはまるで聞きわけのない子供のように泣いてばかりいました。

思えば十歳の時、北山《きたやま》の祖母の兄の僧都《そうず》の山荘に、祖母と共に身を寄せていた時、はじめてあなたにお逢《あ》いしたのでした。雀《すずめ》の子を犬君《いぬき》が逃がしたといって泣いていた幼いわたくしを御覧になったあなたが、どういうお心からか、わたくしに御執心なさり、とうとう、祖母を説きふせて幼いわたくしとの結婚を納得させてしまわれてから、わたくしの運命は、否応《いやおう》なくあなたに結びつけられてしまったのでした。

　祖母が亡くなった後、あなたは乳母《めのと》と共に、自分のお館《やかた》の二条院に、わたくしをまるで略奪するように連れていっておしまいになったのです。その日からわたくしは、年よりも稚《おさな》い心に、あなたを父親のように思いこみ甘えきり、頼りにしきって暮らしたのです。

　人形遊びや、絵描きなど、他愛《たわい》ない遊びの相手をしてくださるあなたを、わたくしはたまにしか訪れなかった実の父よりなつかしい方と思いこんでしまったのです。

　二条院の西《にし》の対《たい》に引き取られた時から、まるで、実の娘のように馴《な》れ慕うように躾《しつ》けられ、夜はいっしょに添寝してくださるのが当然のように思いこんで暮らしたのも、思えば不思議な御縁でございました。すべての事情をのみこんだ乳母がついていて、何くれとなくあなたのお心を汲《く》み、わたくしを教育しますので、わたくしは幼い心にもいつのまにか、あなたをこの世で誰よりも頼り甲斐《がい》のある男性と信じ、その人の妻になる運命を当然として受け入れるように思いこまされていたのでした。

　あなたがその頃から方々のお通い所へ通われて、夜を留守になさる時など、淋《さび》しくて、寝つかれないほどお慕いしていました。でもそれはあくまで最も身近なやさしいお方という気持だけで、恋だの愛だのという気分は一向に理解できないでいたのです。二条院に移って四年の歳月が過ぎていました。十歳だったわたくしが十四歳になった秋のことでした。御正妻の葵上《あおいのうえ》さまが男の御子《みこ》を御出産され、ほどなくお亡くなりになって、まだ四十九日も過ぎていない頃でした。

その頃、わたくしはあなたが時々、お帰りにならない夜があるのを淋しいとは思っても、そのことの意味がまだ深くはわかっていなかったのです。二条院の女房たちは、あなたが特に気をつけて選びぬかれた人たちなので、はしたない噂《うわさ》をわたくしの耳に入れるような者もありませんでした。聡明《そうめい》であなたの信の厚い乳母が、長い歳月をかけて、わたくしを教育し、あなたの理想の妻になるよう躾けられておりました。あなたに葵上さまという御立派な正妻がいらっしゃることも、その他にも六条御息所《ろくじょうのみやすどころ》をはじめ、数々のお通い所がおありなさることも、それでも女というものは、いつも心も身もやわらかにやさしくたもって、決してあからさまな嫉妬などしてはならないことも、乳母に教えられていました。

葵上さまの御出産にひきつづいた御病気、御逝去と、さまざまの大事件がつづき、あなたは葵上さまのお里の左大臣家から、さすがに二条院へお帰りになることもまれでした。ですから、全く久しぶりで、お帰りになったあなたの憔悴《しょうすい》しきったお姿を拝した時は、おいたわしくて思わず涙が出てしまいました。乳母に教えられた通りのお弔《くや》みを申しあげるまでもなく、あなたの御心痛が思いやられて、ことばより涙があふれたのでした。あなたは、殊の外喜ばれて、

「しばらく逢わないうちに、すっかり大人になったようですね。あちらで泣いてばかりいた目には、あなたの若さと美しさがまばゆいようですよ。どんな弔みのことばよりも、あなたの真珠のような涙が今のわたしには最上の慰めになります」

とおっしゃって、その日は、宵のうちから、早々とおやすみになられたのでした。わたくしもそれが習慣になっていて、なんの不安もなく、あなたと帳台《ちょうだい》の中へ入っていきました。

その夜あなたのなさったことに、どんなにわたくしが愕《おどろ》かされ、恨めしく思ったかは、とうていあなたの御想像も及ばないことでしょう。あんな浅ましいきたないことを人間どうしがするなんて、どうして想像できたでしょう。こんな醜い振舞いをなさるお心をずっとかくしていらっしゃったのを、長い歳月、ただもう清らかなお気持で可愛《かわい》がってくださるとばかり信じこみ、つゆ、疑いもしなかった自分の幼稚さが情けなく、口惜《くや》しくてたまらないのでした。どうしてこんな汚れた軀《からだ》になって乳母や女房たちに逢えましょう。自分の顔にも、軀にも、昨夜の

ことのしるしがあからさまにつけられているようで恥ずかしく、消えてなくなりたかったのです。

あなたがいつもより早く起き出されて行かれた後も、わたくしは死にたい想《おも》いで袿《うちき》をひきかずいて汗にあえながら、日が高くなっても恥ずかしくてとても起き出して行けないのでした。

昼ころ、様子を見にいらっしゃったあなたが、

「気分が悪いそうですね。どんな具合なの。今日は一緒に碁も打てないので、退屈なことだ」

など、しらじらしくおっしゃるのが、情けなく口惜しくて、涙があふれてくるのでした。

あの遠い朝の自分の稚さが、なつかしくなります。あれからの長い歳月、男と女の間に横たわる越えがたい煩悩の川の深さを、どんなにか思い知らされたことでしょう。

あなたの夜離《よが》れがどういう意味を持つのか、わたくしにも次第に身にしみるようになるにつれ、あなたはわたくしを嫉妬深いとお口にすることが多くなりました。

愛する夫に自分以外の女に愛を分け与えられて、心の煮えない女がいるもので

しょうか。

あなたを愛したばかりに、心の誇りを傷つけられ通して、ついに都にいたたまれなくなり、伊勢《いせ》に下られた六条御息所のお胸のうちの悲しさが、わたくしにも切実に思いやられてお気の毒でならないのでした。

身分や富など何ひとつなくても、三百六十五日、一夜も離れず、傍《そば》に寝てくれる夫がいたら、女はどんなに幸せでしょう。

なんのわきまえもない幼い頃から、あなたに思いのままに育てられ、あなたの理想の女とやらにつくられて、わたくしは果たして幸せだったのでしょうか。わたくしの口のききよう、わたくしの笑い方、わたくしの感じ方、考え方、わたくしの着るものや食べものの好み、わたくしの歌、字……、そのどれもすべて、あなたに教えこまれ、あなたに躾けられたもの以外に何があるのでしょう。わたくしはあなたのつくったあなた好みの人形なのでしょうか。

せめて、嫉妬の感情くらい、自分の心からのものとして取っておいても許されていいのではないでしょうか。

それにしてもあなたは、わたくしにとっては夫であり、育ての親であり、この世のすべてを教えてくれた師であり、肉親に縁の薄いわたくしにとって唯一の身内なのです。あなたに受けた御恩は海山よりも深く高いのです。苦情を言える相手ではありません。それはもうすべてわかっていて、やはりわたくしは淋しいのです。あなたにこれほど愛され、乳母や女房たちが日頃から口癖にいうように、たくさんのあなたの愛人よりも、いちばん、あなたの愛をたっぷりと受けていて、なぜ、こうも淋しいのでしょうか。

そんな贅沢《ぜいたく》な思い上がりを抱えていた天罰が、ついに下りました。あなたの須磨流謫《るたく》です。

あなたと別れて暮らす日があるなど、十歳であなたに引き取られて以来、夢にも考えたことがあったでしょうか。いいえ、あなたの上に光り輝いていた幸運が、翳《かげ》る日があるなど、誰に想像できたでしょうか。

院のおかくれあそばした以後は、とかくお気の強い弘徽殿大后《こきでんのおおきさき》が、万事、政《まつりごと》まで意のままになさり、昔から目の仇《かたき》にされていたあなたに、あらぬ罪をおきせしたのだと聞かされています。でも、それもこれも、もとはといえば、あなたが、帝《みかど》の深く愛されていた朧月夜尚侍《おぼろづきよのないしのかみ》に懸想《けそう》なさって、尚侍も帝にそむいてまであなたとの密会を重ねたのっぴきならぬその場を、人に見とがめられなさったのが直接の原因とか……。口さがない人の口に、戸はたてられぬとは申せ、わたくしの耳に入ってくる噂は、あまりにも辛《つら》いものばかりでした。あなたのお心を、地位や栄誉を捨てさせるほど捉えた尚侍とは、どんなに美しい魅力のあるお方なのでしょうか。そこまで裏切られても、まだ帝が、尚侍を愛するお気持を捨て切れないのだとうかがっては、わたくしにはお逢いしたこともない尚侍が、物語の中の魔性の女のように、不気味にさえ思われるのでした。

東宮《とうぐう》を擁して、帝の御位《みくらい》をうかがっているというのが、あなたの蒙《こうむ》った無実の罪だそうです。あなたが、地位も名誉も富も剝奪され、裸のあなたになって、まわりに女人の誰もがいなくなった時、わたくしひとりがあなたのお側《そば》にいられたら、どんなに嬉《うれ》しかったでしょう。須磨に連れていってほしいとわたくしは幾度あなたに取りすがって泣いたでしょう。

「こんな罪で流罪にあう者が、配所《はいしょ》に妻をつれていったためしはない。もしそんなことをしたら、もっと手ひどい報復にあうだろう。自分はいいが、可愛いあなたをそのまきぞえにして苦しめることができようか。向こうへいって、どうしても許しが出ないようなら、きっと、どんな方法をとっても迎えをよこすから、それまでは耐えて辛抱していてくれるように」

と、涙ながらにおっしゃったのです。いっそ尼になりたいというわたくしに、それぱかりはしないでほしいと涙を浮かべておとめになるのでした。

何年別れて暮らすか予測もつかない中で、悲しみに気もそぞろなわたくしを残して、そんな時でさえ、あなたは愛人たちへの別れにいそがしく、夜さえ時々お空けになるのでした。口では、わたくしひとりが、真実の愛する女だといってくださっても、あなたのなさることはお口とは反対で、わたくしに信ぜよとおっしゃっても、信じきれないのです。だからといって、あなたをこの世でただひとりのお方として愛してしまった……いいえ、他の人を愛せない女に仕立てられてしまったわたくしにとって、それは耐えるのが辛い毎日でした。

こんな悲しい想いをさせられるなら、いっそ須磨へでも地の涯《はて》へでも、さっさと行ってほしいとさえ、呪うような気持になったりもいたします。

あなたの須磨行きのお支度に追われることが、せめてもの救いでした。

出立を間近にひかえた夜さえも、あなたは外でお過ごしになりました。左大臣のお邸《やしき》へお別れに行かれ、葵上さまの忘れ形見のお小さい方と、一夜をお過ごしになったなど、例によってこまごまと尤《もっと》もらしい言い訳をなさいますが、信じるはずもありません。あなたのお口はその場だけのお上手と、もう長い経験でわかっておりますもの。葵上さま付きの女房のひとりが、格別のごひいきで、お情けを受けているという噂は、二条院にさえ伝わってきております。おそらくその女と、最後の別れを惜しまれていたのでしょう。あなたは目の前にいる女には、全身全霊でことばを尽くし、情を尽くされるお方です。わたくしにこの上なくやさしくしてくださるように、他の女人に向かっても、やはりおやさしいにちがいありません。あなたが女たちにそそぐ熱いまなざし……甘いことば……情のこもったこまやかな愛撫《あいぶ》……そのすべてを思い描く時、わたくしは嫉妬と苦痛で、ああ、いっそこのまま、死なせてほしいとさえ願うのでした。

疲れきって帰って来たあなたは、さすがにその日だけは終日わたくしと帳台の中にこもりきりで過ごしてくださいました。十年分の愛撫だと、あなたに激しく愛されながら、このまま死なせてほしいと、わたくしはうわごとのように言いつづけました。

旅立ちは夜明け前と決まっております。まだ真っ暗なうちに起き出されて、いよいよ旅の御装束をおつけになりました。狩衣《かりぎぬ》など、これまでのとはちがって、たいそう質素にしていられるのが、またおいたわしく涙を誘います。

「月が出たようだ。さ、今朝はもっと端近《はしぢか》に出て見送ってください。須磨では、どんなに話したいことが積もるだろう。たまさか、一日、二日、逢わないでいても、あやしいほど心が乱れ恋しくてたまらないのに」

といいながら、御自分で御簾《みす》を巻きあげ、さあ、とうながされるので、わたくしも涙にかきくれながら、端近くまでにじり寄っていきました。

有明《ありあけ》の月の光の中に仰いだあなたは、涙にかき消され、あせればあせるほど、お顔もはっきりしないのでした。

「生ける世の別れを知らで契りつつ
　命を人にかぎりけるかな」

　と、さりげなくおっしゃるので、

「惜しからぬ命にかへて目の前の
　別れをしばしとどめてしかな」

　と、涙にむせかえりながらお応えしたのでした。ほんとうにあなたのお命を守るためなら、わたくしの数ならぬ命など代わりにさしあげて、なんの惜しいことがありましょう。

　振り返るのが辛そうに、あなたはたった一度しみじみ振り返っただけで、足早に去って行かれたのでした。

　それからというもの、張りつめていた気持も萎えはて、その日からどっと床についてしまいました。朝も夜も夢の中まで、あなたの面影がつきそい、なつかしく悲しく、気も狂いそうになりました。その苦しさ淋しさは、想像をはるかに超えていました。

　現身《うつしみ》のあなたはいらっしゃらず、あなたが明け暮れにお使いになっていた御調度などを見るにつけ、すべてが涙の種になります。お弾きになっていた琴……脱ぎ捨てていかれた御衣裳《ごいしょう》の匂いなどにつけても、今はもう亡くなった方の形見のように思われて涙があふれてくるのです。

須磨へ送る御衣裳などを調達します。無紋の縑《かとり》（固織《かたお》り。かたく細かく織った薄い絹）の御直衣《のうし》や指貫《さしぬき》など、今までとはまるでうって変わった質素なものを縫う時、人の運命のはかなさに涙がこみあげてきて針目も見えなくなってしまうのでした。

いつもあなたのお顔を映していた鏡や、寄りかかっていられた真木柱《まきばしら》など見るにつけ、今はここにいないあなたが恋しくて泣き伏さずにはいられません。

これが死別ということなら、まだあきらめもつくでしょうが、須磨というこの世にある地つづきの土地にいらっしゃると思えば、どうしてあなたにしがみついてでもついて行かなかったのかと悔やまれてならないのでした。

あなたからはたびたびお便りがとどきました。その中にはあなたのいらっしゃる須磨の海辺や、お住まいの御様子が、絵に描かれてもありました。京より外へ一歩と出たこともなく生きてきたわたくしは、海というものが想像もつきません。波音がさみしいとあるのを見て、それはどんな音かと思いめぐらすばかりです。

お手紙の御様子では、都でのあの華やかなお暮らしぶりとはうって変わり、ほんとうに信じられないような淋しい御生活ぶりのようでした。なんといってもまわりに女房ひとりいないということが異様です。全く女っ気のないお暮らしを思うにつけ、どんなにかお淋しく、御不自由だろうとお察ししながら、こればかりは、都にいらっしゃる時よりは、嫉妬の種がなくなって、ほっとする日もあり、いやいや、たとい、三百六十五日毎晩、家を外に浮かれ歩かれても、せめて都でわたくしと暮らしていてくださるならば、どんなに嬉しいだろうと思って、泣き伏す日のほうが多いのでした。

こちらからの文使《ふみ》いが帰ってくると、もう根ほり葉ほり、どんなささいなことでも聞きのがすまいと話させて、少しでも御様子を知りたいと思います。

一年たち、二年過ぎても一向にお帰りの気配もない御様子に、わたくしはまた心労のあまり床についてしまいました。

食事も咽喉《のど》に通らず、夜は眠れず、げっそりとやせてしまいました。いつも熱っぽく、胸が苦しいのです。

このまま死んでゆくのかと思うと、心細さに、いっそうはかなくなる思いがするのですが、死ねばあなたに逢えないこの苦しみから解き放たれると思うと、いっそ死を待ち望みたくさえなります。

それでもその前に今一度あなたにお逢いしないでは、死んでも死にきれません。やはり、生きて、お帰りを待とう、あなたがお帰りになった時、老けてみっともなくなっていてはお目にもかかれないではないかと、また気を取り直すのでした。

乳母が心配して、ひそかに様々な祈禱《きとう》をしてくれていたおかげとわかったのは、ようやく床を離れることができた後でした。

須磨に暴風雨が吹き荒れ、お住まいの中に雷が落ち、火事があったなどという恐ろしいお便りを見た時は、あなたがおいたわしくて、気を失ってしまいました。

そんな恐ろしい目にあなたがあっていらっしゃるのに、わたくしはこの住みごこちのよい二条院で、ぬくぬくと暮らしているかと思うと、罰が当たらないのが不思議でした。

その頃からでしょうか、帝のお眼《め》が病みすすまれているという噂が下々《しもじも》にまで流れてまいりました。

あの、あなたを須磨へ流す因《もと》になった朧月夜尚侍はあの事件以来、右大臣家に軟禁されて、ひっそりと過ごしていらっしゃったというのに、あくまでも御執心の帝のおはからいで、あなたとの事も許されて宮中にもどられ、前にもまして御《ご》寵愛《ちょうあい》を受けていらっしゃるという話でした。同じ罪なのに、どうしてあなたばかりがこんな目にあわされるのでしょう。

あなたひとりをいつまでもそんな辺境で苦しませて、あんまり不都合な御政道ではないかと、ひそかにお怨《うら》み申していた矢先でしたので、帝の御眼の病はわたくしのひそかな怨念《おんねん》のせいではないかと、ぞっといたしました。

眼病で気のお弱くなった帝が、ひそかにあなたを召還なさるおつもりになられたのを、まだあなたを怨む心の強い大后が決して許されないのだとか、いや、その大后も珍しく御不例《ごふれい》で、ずっとしつこい物《もの》の怪《け》に苦しめられていらっしゃるのだとか、まるで見てきたような無責任な噂も伝わってまいります。

あなたが須磨から明石《あかし》というところに移られたというお便りをもらったのは、その頃だったでしょうか。明石のあなたの御絵を見ると、須磨よりはなごやかで、お住まいの様子も、明石の入道《にゆうどう》とかいう変わり者の前《さき》の国司の邸とかで、まるで都の貴人の邸のような美々《びび》しい調度なども揃《そろ》えられていて、ほっとするのでした。でもわたくしにとっては須磨も明石も同じこと、あなたとの距離がちぢまったわけでもなく、別離の悲しさが薄らぐこともありません。

あなたのお手紙の雰囲気に、須磨からのような荒涼とした感じが消えていくのをありがたいと思いながら、ふっと、いいようのない不吉な予感が胸をかすめるのをどうすることもできませんでした。

そんなことは、まさかあり得ないと、つとめて打ち消す一方、得体のしれない女の勘のようなものが雨雲のように黒々と胸にひろがり消えないのでした。

とうとう、わたくしの予感が当たる日がきました。それとほのめかしたあなたのお手紙は、事実が噂になって、風の便りにわたくしの耳に入るのを恐れて、いっそ御自分から打ち明けようとなさっての告白と察しられました。明石の入道に一人の姫君があり、その方と淋しさのあまり契ってしまわれたということのようでした。

「あなたを夢にも忘れたことのないわたしの愛を信じてください。今度のことは、全く、ふとした成行きで、どうしようもなかったのです。そういうことがあるにつけ、かえってあなたのすべてが思い出されて、気も狂いそうに逢いたくなります。長いわびしいこの配流《はいる》の地での、ふとした過ちを、あなたはおとがめにはならないと信じています。田舎育ちのそのひとは、つつましいだけが取柄のひとで、都にいた時のように、あなたが嫉妬するような事柄ではないのです」

もっとくどくどと書かれたあなたのお手紙が、しまいには涙でかすんで読めませんでした。

なんということでしょう。まさか、こんな辛い別れの悲しみに必死に耐えているわたくしに、裏切りの恋を報《しら》せてお寄こしになるとは……。わたくしは目もくらみそうな嫉妬におそわれ、胸がしぼりあげられるように痛くなりました。

ああ、何度こういう苦しみをくりかえし味わってきたことでしょう。その都度、あなたはわたくしへの変わらぬ愛を誓い、新しい女の人を手に入れるたびに、いっそうわたくしの好《よ》さが目にたち、わたくしへの愛の深さが、くらべるものもないことを思い知らされるのだ、などと弁解なさいました。

　男と女の心のありようの違いなのでしょうか。それなら、わたくしが、あなた以外の殿方と過ちを犯し、万が一にも、その人の子を産んだとしても、あなたはわたくしを許してくださるでしょうか。あなたはこれまで、わたくしを全く申し分なくいい女だが、嫉妬心の強いのだけが珠《たま》に瑕《きず》だと、口ぐせにおっしゃりたしなめられました。それでもわたくしは、架空の話に嫉妬したことなど一度だってありはしません。たしかに、現実にあなたが裏切ったことばかりに、嫉妬してきたのでした。

愛する男に裏切られて、平気でいられる女がいるとしたら、その女は、真実、男を愛していないのだと思います。

それでも、あなたの躾《しつけ》のおかげで、わたくしはあからさまにあなたに怨みの心を打ち明けたことはありませんでした。せいぜいすねたり、返事をしなかったり、ほんの少し、ちくりと嫌味をいったりする程度で、あとは涙をのみこんでいたのです。

生みの父の家には、わたくしを憎んでいる継母がいて、今度のあなたの御不運の時も、

「あの娘は、男という男と別れる、悪い星を持って生まれているのだね」

などと、むごいことを言い放って、わたくしを嘲ったと聞いております。あなたに引き取られたわたくしの幸運を嫉《ねた》んでいたからです。

父は父で、思慮も浅く気が小さく、あなたの御不運以来、大后に睨《にら》まれることばかりを恐れて、あなたの御出立にもそしらぬ顔をよそおい、その後の孤独なわたくしを見舞うことさえ、一度として、してくれない人なのです。

わたくしはどこまであなたに裏切られても、万一捨てられても、今更帰っていく家も里もないのです。天涯の孤児の身の上がわたくしなのです。それを承知で、あなたはこんなむごい裏切りをお見せになるのでしょうか。

あなたと別れてから、わたくしはどうしてわたくしたちの間に子供が恵まれないのかと、うらめしく思いました。もしもあなたの目や声に似た小さな子が傍にいてくれたら、この淋しさもどんなにか慰められ、耐えやすかったことでしょう。

前世でよほどの罪を犯している報いなのでしょうか。どの女人よりも長くあなたと暮らしながら、神仏はなぜわたくしに、愛する人の子を持つ喜びを与えてはくださらなかったのでしょう。

御返事はさすがに書けなくて、幾日かが過ぎました。あなたからは毎日のように長いお便りがあり、それはもうこまごまと、お心を尽くして、わたくしの気持をなだめようとなさるのでした。こんなに、わたくしを思ってくださるのが真実なら、どうして最もわたくしが悲しむことをあなたは平気で繰返しなさるのでしょう。

いつまでも怒っているのも大人げないと気を取り直し、その後はさりげないお手紙をお返しするようになりました。

そんな幾月かが過ぎたある日、ついにあなたが許されて、都にお還《かえ》りになるという詔《みことのり》が出されたのです。

ああ、なんという長い歳月だったことか。でも、生きてまたあなたにお目にかかれるなら、やはり生きていてよかったのです。

もうそれからは、何もかも忘れて、あなたをお迎えする支度に没頭してしまいました。

三年の歳月には、邸も庭も、いいようもなく荒れはてていました。あなたの御配慮で、お留守の間も、園丁や大工は始終出入りして、邸や庭の面倒をみてはくれるのですが、やはり主人のいない邸や庭は、生気を失い、どことなく、荒廃の気がしみついていきます。

壁を塗りかえたり、樹《き》や石を移したり、几帳《きちょう》を新しく取りかえたり、お帰りになったあなたに着ていただく華やかなお召物を裁ったり縫ったり、仕事はいくらでもありました。あなたのお留守に、着るもの一枚つくらなかったわたくしも、久しぶりに新しい衣裳をつくる気にもなりました。

まさか、あの明石のひとをお連れになるようなことはあるまいと思うものの、不安は全く消えているというわけではありません。

御出立の時、わたくしに示してくださったあなたのこの上ないやさしさのひとつひとつを思い浮かべる時、この身にまだ熱く残っているあなたの愛撫が、別れにうちひしがれている明石のひとにそそがれているのかと思うと、髪が蛇になって逆立つような恐ろしい思いに捉われていきます。

ああ、その恐れも不安も、とうとう帰ってきてくださったあなたを一目見た時、すっかり霧散してしまいました。

惜しからぬ命にかへて目の前の
　別れをしばしとどめてしかな

と、お別れの時詠《うた》いましたが、あなたと別れていた歳月は、ほんとうに生きていても甲斐もない命でした。でも生きていてよかったのです。このまま、死んでもいいと思いました。

あなたは、三年前より、少しおやせになったお顔が、かえって引きしまり、頼もしそうな気品がいっそう匂いたっていらっしゃいました。不幸をご存じなかった昔にくらべ、辛い日を耐えられただけ、表情にもお目の色にも深みが増し、いいようのない哀愁が滲《にじ》み出ていて、ああ、こんなすばらしいお方がまたとあろうかと心がしびれます。

二条院の女房たちは、もう嬉しさのあまり、不吉なほど泣き騒ぐのでした。

その夜はどこへも出ず、ずっとわたくしとふたりきりで過ごしてくださいました。翌日も丁度御出立の日のように、ひねもす、わたくしと、帳台の中にこもってくださいました。

あの方のことは決して口にすまいと思っておりましたのに、あなたの指がわたくしの髪をやさしく撫《な》で、

「かわいそうに、少し髪がうすくなっていますね。苦労かけてしまった。でも少し薄くなったところが、なんともいえずなまめかしい」

とおっしゃった時、あなたの胸の上に涙をこぼしてしまいました。

「あのお方のお髪《ぐし》は、きっと手にあまるほどゆたかでいらっしゃるのね」

あなたはわたくしを骨もたわみそうなほどきつく抱きしめられ、

「ああ、やっと、あなたらしい言葉が出ましたね。そのほんのり嫉《や》いてくれるところが、あなたの魅力の最高かもしれない。わたしはあなたのその可愛いやきもちが見たくて、しなくてもいい新しい苦労を需《もと》めてしまうのかもしれない」

など、ほどのいいことをおっしゃって、わたくしを笑わせてしまうのでした。

自分が幸せになり、しっかりとあなたにすがって、あなたの体温を感じられる身になると、はじめて、わたくしはまだ見ぬ明石の方に心からの同情が湧いてくるのでした。

はじめて恋を知ったその方が、蜜月の最も嬉しい夢のような最中に、いきなり、恋しい人との仲をひきさかれたのです。どんなにか淋しい苦しい思いをしていられることでしょう。

惜しからぬ命にかえてもと、やはりその方も目の前の別れに目もくらむ想いで取りすがられたことでしょう。

女であるために、わたくしは同じ女のその方の涙の苦さがわかるのでした。

「おかわいそうに」

思わず心の底からつぶやいた時、

「ありがとう。そう思ってやってくれると、どんなに嬉しいだろう。あの女《ひと》も可哀《かわい》そうに、お腹《なか》に新しいいのちをかかえて、わたしとの別れをしたのですよ。あわれんでやってほしい」

わたくしは軀のふるえをあなたに感づかれまいとするのが、ようやっとの思いでした。

あわれまれるのは、どちらでしょうか。

目の前が真っ暗になり、わたくしはそのまま気を失っていったようです。どこかで遠く、わたくしの名を呼ぶあなたの声を聞きながら……。

末摘花

すえつむはな

末摘花《すえつむはな》の侍女のかたる

あの春の夕《ゆうべ》、ついものの弾みで、光 君《ひかるのきみ》さまに常陸宮《ひたちのみや》さまの忘れ形見の姫君のことをお話しさえしなければ、こんな気苦労はしないですんだものをと、後悔しても追いつきません。

わたくしの母は、左衛門 乳母《さえもんのめのと》と呼ばれて、光君さまの第一の乳母の大弐尼君《だいにのあまぎみ》についで、格別に御信任を得て、光君さまにお仕えしておりました。父は皇族の血筋を引く兵 部大輔《ひょうぶのたゆう》でした。母は父と別れた後、筑前守《ちくぜんのかみ》と再婚して夫について九州へ下向していましたので、わたくしは父の家を里にして、御所勤めをさせていただいておりました。

光君さまは母の縁でわたくしにもお目をかけてくださって、御所ではよく気のおけないお扱いをなさり、御用をさせていただいておりました。

絶え間のない浮気の打明け話など、頭中将《とうのちゆうじよう》さまにもいえないような失敗談や御自慢話を、わたくしにはあけすけにお話しになるので、つい、身をいれてお聞きしたりしますと、

「ほんとに、こんな話は好きな人だから」

など、ふいにからかわれたりするので、いやになってしまいます。わたくしのことを頭から浮気沙汰の多い多情な女と決めてしまわれているので、今更弁解のしようもないのでした。でもその分、打ちとけてくださるので、わたくしもそれをいいことにして、光君さまとはへだてのないおつきあいをしていただけるのを幸いとしておりました。

御所の御宿直《おんとのい》で珍しくおひとりのお腰を、もんでさしあげていた時でした。なにげない話のついでに、わたくしが父の家よりも気安く里代わりのように寄せていただいている常陸宮のお邸《やしき》のことをお話しし、そこにひとり遺《のこ》されているお気の毒なお姫さまのことをお耳にいれてしまったのでした。

「宮さまの晩年の御子《みこ》さまなので、それはもうお可愛《かわい》がりなさったのですけれど、父宮のお亡くなりになった後、母上も亡くなり、頼りとする御後見《おんうしろみ》もなくて、それはもうお気の毒な御様子でお暮らしなのです」

「故宮《こみや》は趣味の豊かなお方だった。さぞかし美しいゆかしい姫君だろうね」

すぐそんな話には心の動くお方なので、急に眠気もさめたようなお声でお訊《き》きになります。

「お気立てや御器量などは、あまりはっきり存じません。お躾《しつけ》のせいか、いつでもひっそりと引きこもって、誰にもお逢《あ》いになりたがらないし、わたくしなど伺いましても、几帳《きちょう》越しにほんの少しお話しするくらいですから……。ただ琴《きん》のお琴《こと》がお好きで、それだけがお話し相手のようにお見受けします」

「それはいい。ぜひ、わたしに姫の琴の音《ね》を聞かせておくれ。故宮は音楽にお嗜《たしな》みが深かったから、姫君もさぞお上手だろう」

そういう話には抜け目のない光君さまが、もう、目を輝かせてせがまれるのでした。

すべてはその時から始まったのです。わたくしがあんなお喋《しゃべ》りさえしなければ……。

そして、せがまれて、それからほどもない朧月夜《おぼろづきよ》に御所を退出して、わたくしは姫君のお邸へまいりました。

光君さまは約束通り、後からこっそり忍んでいらっしゃいましたので、いつもわたくしの泊まる部屋にとりちらかしたままで隠れていただきました。

寝殿へ行ってみると、まだ格子も下ろさず、姫君は梅の薫りのただよってくる荒れはてたお庭を、ぼんやり御覧になっていらっしゃるところでした。

何かにつけ不如意でゆきづまっているので、故宮の御在世の頃には趣の深いお庭だったのに、手入れもおこたり、今は見る影もありません。それでも樹々《きぎ》は季節毎《ごと》に花をつけ、匂やかに薫るのが、かえって淋《さび》しさを深めてまいります。

「今夜のような夜は、お琴の音もどんなにか冴《さ》え増さるでしょう。一度ゆっくり、姫君のお琴をお聞かせいただきたいと思っておりました。今宵《こよい》こそはぜひどうぞ」

と、そそのかすと、すぐそれに乗って、

「琴《きん》のわかってくれる人もいるものなのね。御所勤めのあなたに聞かせるほどではないけれど……」

と、すぐ琴を弾こうと用意されるのが、素直とも無邪気ともとれるものの、妙齢の姫君としては、あまりに味も曲《くせ》もなくて、はらはらしてしまいます。

さすがに、ほのかにかき鳴らされる音色はゆかしげで、こっそり聞いていらっしゃる光君さまのお耳にも、どう伝わっていることかと気がもめます。だまっていたら、いつまでも弾いていらっしゃりそうなので、わたくしはこの程度でと思い、

「空がどうやら曇ってまいりました。客が来る約束になっておりますので……ま

た後ほどゆっくりお聞かせください。御格子をおろしてまいりましょう」

と、弾きやめていただき、いそいで光君さまのところへまいりました。

「惜しいところでやめてしまったね。上手かどうか、あれじゃ聞きわけもできないよ」

と、笑っていらっしゃいます。わたくしが気をきかせて、あんまりあらを出さないうちにとはかったのを、見ぬいていらっしゃるのです。

「同じことなら、もっと近くで聞かせておくれ」

「さあ、何しろ、こういうお暮らしむきで、すっかりしおれがちに沈みこんでいらっしゃいますので……そういう向きのことはかえっておいたわしくて」

と申しあげると、

「それもそうかもしれない。すぐ打ちとけるような人でも興がそがれるしね。でも、何かの折に、わたしの気持をそれとなくほのめかしておくれ」

と、ほどのいいことをおっしゃって、外《ほか》にお約束の方でもいらっしゃるのでしょう、いそいそと出ていっておしまいになりました。

後になって、光君さまに伺ったことですが、その晩、庭の透垣《すいがい》のかげに、御所から尾行してきた頭中将さまがひそんでいるのに、ばったり出くわしたということです。

何かにつけて光君さまと競いあう癖のある頭中将さまは、殊に情事にかけては、よくお相手がかちあうようなこともおありで、面白いお話もたくさんあるのでした。

頭中将さまも、荒れはてたお庭で洩《も》れ聞こえてきた琴《きん》の音に、姫君をあれこれ想像して、光君さまより早くお近づきになろうと、焦られました。

おふたりは半分面白がって、競争で恋文《こいぶみ》を姫君にお届けになりはじめました。

ところが姫君からは、どちらに対しても梨のつぶてで、なんの愛想もありません。

光君さまは姫君のあまりのすげなさに興ざめて、もともとそれほど深い真剣な恋でもなかったのでしたが、頭中将さまののぼせぶりの鼻をあかしたいだけのいたずら心から、負けるものかと気負い立って、しきりとわたくしに姫君との首尾をつけろと迫られるようになりました。

「いったいどういうことだ。ほんとに、こんなにひどく無視されたこともない。全く初めての経験だよ」

と、本気でお腹立ちの御様子です。

姫君がそれほどのお方でもないので、わたくしは困ってしまって、

「お似合いでないなど、申しあげたこともありません。ただもう、はにかんでば

かりで、およそ古風な引っこみ思案のお方ですから」

と、あまり期待なさらぬよう申しあげると、

「それこそ世間知らずで深窓の姫君だよ。才女ぶっていないのだろう。あどけなくおっとりしていたら、さぞかわいいだろうね」

と、いいほうへばかりおとりになるのでした。

「もう親がかりでもない身の上だし、何事も自分でじっくり判断おできになるのだろう。そういう人とこそ心を打ち明けてしっとりとお話がしてみたいのだ。なんとしてもお近くでお話しできるようはからっておくれ」

と、それはもうしつこいのです。

秋になっても、姫君は相変わらず、一行の御返事もさしあげないので、さすがに光君さまも苛《いら》だって、

「こんな仕打ちは受けたことがない。これじゃあんまりだろう。別に色めいた好奇心でもないのだし、ま、そなたのはからいで、せめて簀子《すのこ》までででも案内してはどうかね。決して、不躾《ぶしつけ》な振舞いには及ばないから」

と、しきりにせがまれるようになりました。

姫君のまわりの侍女たちは、ほとんど年寄りばかりでしたが、故宮は御在世の頃から、時世の流れに取り残されたお方で、訪問客もないお邸だっただけに、光

君さまのお文が届くというだけで、もうそわそわ上ずってしまって、

「ぜひ御返事あそばせ」

など、姫君にせっついて、みっともないほど有頂天になっています。

ある夜、まだ月も昇らない星影ばかりの空の下に、松の梢《こずえ》をわたる風音だけが淋しく聞こえる時でした。

姫君は来し方行く末をひとり思われたのか、昔の思い出などひっそりお話しになり、しみじみとお泣きになっていらっしゃいます。ちょうどよい折と、わたくしひとりのはからいで、こっそり光君さまに御連絡のお手紙を届けました。

光君さまがさっそく忍んでいらした頃、月もようよう昇り、荒れはてた庭が淋しく月光に沈んでいるところに、姫君の琴の音が静かに流れてきました。

万事わたくしが演出したものの、姫君の琴の音が一向に色っぽくないので、もう少ししっとり味わいがつかないものかと、やきもきしてしまいます。

光君さまがいらっしゃったのを、さも今、はじめて気づいたように取りなして、何くわぬ顔で、簀子にお坐《すわ》りいただくのも失礼だからと、縁側の奥に御茵《おしとね》の用意をしてお通ししてしまいました。

「ほんとに困ってしまいます。光君さまがいらっしゃいました。いつもいつも御返事をいただけないとお恨みなさっていらっしゃるのです。いくら婉曲《えんきょく》にお断

りしても聞き入れられず、今夜は御自分で直接お話し申しあげたいとおっしゃるのです。あんまり素っ気なくもできるお相手ではありませんので、物越しにでもお逢いして聞いてさしあげてください」

とお頼みしますと、あわてて、姫君のお召物などお着かえさせて、お化粧を手伝うのですが、一向に飾りばえもしないお方なので、はらはらしてしまいます。ただもう大様《おおよう》でおっとりしていらっしゃるだけが取柄でしょうか。

「とても恥ずかしくて……ただお話をお聞きするだけよ」

と、泣くようにおっしゃるのも、あまりに年甲斐《としがい》もありません。

光君さまは、すっかりいい気分になられて、例の天性のお口上手で、さも前から恋い焦がれていらっしゃったように、こまごまと、どんな鬼神も魅入られそうなやさしいお言葉でかきくどかれます。

年老いた乳母や女房たちは、もう早々と奥へ引っこんで眠っております。若い二、三人の女房たちが、噂《うわさ》に高いお方を一目拝したくて、胸をときめかせています。

ひそやかな恋路のために今夜は格別おめかししていらっしゃるので、光君さまの御様子はまばゆいほど美しくて、こんな無風流な者たちばかりのいるお邸にはもったいないようです。それにしてもあんまり、やいのやいの責めたてられる苦しさのあまり、こんな軽率なお手引きをしてしまって、これが因《もと》で、姫君が御苦労なさることにならなければよいがと、不吉な予感に心がおののきもいたします。姫君はまるで口がなくなったように、何を言われても一言の御返事さえなさいません。さすがに光君さまも、かつてないお扱いに興ざめなさり、

「いくそたび君がしじまに負けぬらん
　ものな言ひそといはぬたのみに

いくらなんでも、これではひどすぎます。もう幾十度、あなたの無言の行《ぎよう》にあうことでしょう。何も言うなともおっしゃらないので、こうして話しつづけていますが、いっそはっきり、思いきれと、ひと思いにおっしゃってください」

と、切なげに訴えられます。

乳母の娘の侍従《じじゆう》という才走った若女房がいて、先刻から、事の成行きに、いらいら気をもんでいたのがたまりかね、姫君のお側《そば》につと寄りそって、まるで姫君が応えられたように見せかけ、

「鐘つきてとぢめむことはさすがにて
　こたへまうきぞかつはあやなき

法華八講《ほつけはつこう》の論議の鐘の後で、無言の行をするように、黙っているのもなかなか辛《つら》いものです」

と、たいそう若々しい軽やかな声で、姫君らしく申しあげます。光君さまは、おや、という表情でこの反応に喜ばれて、

「かえってわたしのほうが口のふさがる思いです」

などとおっしゃって、また歌を詠《よ》みかけたりなさったり、真面目《まじめ》な話や冗談めかした面白い話などあれこれおっしゃっても、もうそれっきり姫君は無言の一手です。

これはよほど風変わりな姫君だ、もしかしたら、案外、個性的な深い考えの方かもしれないとでも思われたのでしょうか。ふいにこらえかねたように立ち上がり、あっと思う間もなく、障子を押しあけて、中へ入っておしまいになりました。まあ、ひどい、何もしないとあんなにお約束したのに油断させてと、今更あわてても仕方がありません。ばつが悪いので、わたくしはそのまま自分の部屋に逃げこんでしまいました。

一晩中、気になって、あんな子供のように無垢《むく》な姫君に罪なことをしてしまったと、後味の悪い想《おも》いでおりましたら、やっぱり光君さまは、まだ夜も明けないうちに、早々とお引き上げになってしまい、わたくしをお呼びになることもなさいませんでした。

その翌日、当然来るはずの後朝《きぬぎぬ》のお便りもなく、わたくしも、昨夜、どんなに

姫君に失望なさったにしてもあんまりなお態度ではないかと怒っていましたら、ようやく、夕暮れになって、

「雨になったので行かれない。あなたが一向に打ちとけてくれないので待っていたら……」

とだけのお文が届きました。御本人はただもう昨夜のことを恥ずかしがって、気もそぞろなので、そんな遅いお文がどんなに失礼かということもお気づきにならないのです。さすがに女房たちは、胸をいため、顔色もあせてしまいました。言わず語らずのうちに誰の胸にも、昨夜の不首尾のさまが思いやられるのでした。侍従が気をきかせて、返歌をお教えして、やっとお返しだけはしました。紫の紙の、何年もたって見るからに古めかしいのに、散らし書きにもせず、上下揃《そろ》えて歌らしくもなく整然とお書きになった字が、力強くてやさしみに欠け、何につけても、わたくしはため息ばかりです。

こんなことで、その後も光君さまはすっかり姫君に興味を失ってしまわれたようです。

そんな頃、宮中で光君さまにお逢いすることがありました。

「どうしていらっしゃる、姫君は」

と、ぬけぬけお訊きになるのが口惜《くや》しくて、

「あんまりひどいお仕打ちです、お可哀《かわい》そうで」

と申しますと、

「あんまり恋の情をわきまえないので、少しこらしめているのだ」

などお笑いになるお顔がこぼれる愛嬌《あいきょう》に輝いて、不平も不満も忘れてしまいます。それでもわたくしのおせっかいからこんなことになり、姫君を不幸にしたと悔やみますので、それがあわれと思われたか、しばらくして公務の閑《ひま》になられたすきをみて、ごく稀《まれ》ながら、形ばかりは義理に通ってくださるようになりました。

そしてとうとう、あの決定的な雪の朝を迎えてしまったのです。

実はわたくしも、お引き合わせするまでは、あまり、姫君と面と向かうこともなかったので知らなかったのですが、姫君は特別内気で引っこみ思案のほかに、ちょっと形容できないような困ったお顔立ちをしていらっしゃったのです。髪は濃く長く、お召物の裾にあまるほどお見事なので、後ろ姿などは申し分なく優雅で可愛らしいのですが、お顔が、とにかく異様なほど長くて、色白なのは結構なのですが、ぼってりとはれています。中でも鼻がむやみに高くて長くて、普賢菩《ふげんぼ》薩《さつ》の乗物の象のようで、そのうえ先が垂れていて、そこが赤くほおずき色をしているのです。

胴長で、やせて、お召物の上からでも、ごつごつしたお軀《からだ》が見えるようでした。どうかこのお姿だけは光君さまにお見せしたくないものだとわたくしは気をもんでいました。

ところがある雪の朝、光君さまがお帰りの前に御自分で格子をお上げになって、

「出て来てあの美しい朝の空を御覧なさい。今朝の雪もまたすばらしい。ほんとに、いつまであなたはそんなによそよそしいのでしょう」

と、姫君をお誘いになりました。わたくしもその夜はお邸に宿っていて、事の一部始終をすっかり見てしまったのでした。老女たちも、あまり打ちとけないのもどうかと心配のあまり、早く早くと姫君をせきたてます。根が素直で人の意見に強くさからうことのできないお方なので、もそもそと身づくろいなさって、縁側へにじり寄っていらっしゃいました。光君さまは、見て見ぬふりで横目をつかって、姫君のほうを盗み見していらっしゃいます。

そのおふたりの御様子が、すっかり覗《のぞ》ける渡り廊下のかげで、わたくしはもう青くなったり赤くなったり、気もそぞろでした。光君さまが姫君のお顔を、明るい雪の朝の光の中で、ありありと御覧になってしまい、さすがに愕《おどろ》いて、顔色をお変えになったのがわかりました。

ああもう、どうしようもありません。それにまた、いくらなんでも雪の寒い朝

とはいえ、姫君は薄紅《うすべに》のひどく色あせて古びた単衣《ひとえ》一かさねに、すっかりよごれて黒ずんだ袿《うちき》を重ねて、まだその上に、黒貂《ふるき》の男物の皮衣《かわぎぬ》のつやつや光ったのを着ていらっしゃるではありませんか。そのみっともなさといったら……。

話しかけられて袖で恥ずかしそうに口を掩《おお》ったものの、その肘をつっぱった形が儀式官が笏《しゃく》を持ったような肘つきそっくりで、目を掩いたくなります。

さすがに光君さまがものもおっしゃれないで呆然《ぼうぜん》としていられるのが、お気の毒やらおかしいやらで……。早々にお引き上げになったのも無理はありません。

何日かたって、御所でお目にかかった時に、口をきく前に思わず笑っておしまいになるのでした。わたくしもきまりが悪くて、顔もあげられませんでした。

「ああして、あんまり明るい陽《ひ》の下で、あからさまに何もかも見てしまったものだから、かえってお気の毒になって、見捨てがたくなってしまった」

とおっしゃった時には、そのおやさしさに、思わず伏し拝みたいような気持になりました。

「あれでは、わたし以外の男は誰もがまんしてくれないだろう。こうして縁ができてしまったのも故宮のお導きかもしれないと思うと、面倒だけは末長く見てあげるつもりでいるよ」

としみじみお洩らしくださったのでした。

あわれみからにせよ、時々は通ってくださるだけでも、ありがたいお話なのでした。することなすこと、野暮ったく古風で、お仕えしている老女たちが揃ってかびの生えた時代遅れときているので、いつでも何かしら、へまばかりして、光君さまには恥ずかしいことばかりでした。

二条の可愛らしい紫《むらさき》の姫君とおたわむれの時、光君さまがお鼻の先に紅《べに》をつけて、

「紅がとれなくなってしまった。ああ、どうしよう」

など、わざとお顔を突きだしておっしゃると、幼い方は本気になさって、心配そうに、御自分の手でしきりにふいておあげになっていたなど、仲のよい二条のお邸の女房の一人から、さもおかしそうに打ち明けられたりすると、わたくしはやはり末摘花《すえつむはな》と光君さまがふざけて名づけていらっしゃる姫君が、お可哀そうになって涙ぐまれもするのでした。

思いもかけない御運のかたぶきがあって、光君さまが須磨《すま》へ配流《はいる》あそばされた後の、末摘花の姫君の境遇は、また一転して、昔以上のあわれなさまになってしまいました。

光君さまが庭の手入れや邸の修理など、一通りのことはしてくださったものの、

お留守の間には、こちらへは経済的ご援助もふっつりと絶えてしまったので、人をやとうわけにもまいりません。あの思いがけない急な御出発の時には、それぞれのお通い所へのお別れに忙しくて、ついこちらへのお別れはそそくさとしたものになり、遠く離れたお暮らしになってからは、ほとんど義理のように、お情けでお通いになっていた仲なので、忘れるともなくお忘れになったとしても不思議はないのでした。

はじめのうちは、お世話になっていた頃の名残で経済的にもなんとかやりくりできていたものの、月日のたつにつれ、不如意がつのってきて、昔にもましてあわれな有様になってしまわれました。

二条の可愛らしいお方へは、あり余る財物をお残しになられたと噂に聞いているわたくしは、こちらの落魄《らくはく》ぶりがあまりにもおいたわしく、お気の毒でなりません。

「あんなすばらしいお方がお通いくださって、ようやく御運が向いてきたと思ったのも束《つか》の間《ま》でしたね。なんという御運のはかない姫君でしょう」

など年老いた女房たちが、鼻をすすりながら嘆きあうのを聞くと情けなくなります。

光君さまのいらっしゃった頃は、頼みもしないのにだんだん集まってきていた女房たちも、今はこれまでと見限って、次々離れていってしまいました。年老いた女房は、命つきはてる者も出てきて、お邸にお仕えする人の数も、木の葉の落ちるように減ってゆきます。邸内や庭の荒廃ぶりは、もう目をおおうばかりで、手のほどこしようもありません。そのうち残った女房のひとりが、

「このお邸の木立に目をつけた受領《ずりよう》たちが、手入れをして住みたいといい、譲っていただけないかと申してきておりますが」

と取り次ぐようになりました。姫君は、

「まあ、とんでもない。人聞きの悪い。お父上の形見のものを売り放ったりどうしてできますか。どんなに荒れ果てていても、両親のお姿がとどまっていられるような気がして、わたくしにはなつかしいのです」

と、泣いておっしゃり、問題にもなさいません。御調度類なども、さすがに古風ながら、御立派な由緒深いものがあるのに目をつけ、こっそり取引きしようと女房たちに言い寄る者もあり、女房たちも、背に腹はかえられぬと、お道具をこっそり米などに替えようとはかるのです。姫君はそれに気づかれると、さすがにきっぱりとした態度で、

「お父上がわたくしのために使えとわざわざお造りくださった立派な調度類を、下々《しもじも》の家の飾りなどにされてたまるものですか。そんな不心得は許しません」

と、きつくお叱りになるのでした。

訪ねる人もない中で、御兄君の禅師《ぜんじ》さまだけは、山科《やましな》の醍醐《だいご》から京にお出ましの時は、お顔をお見せになるのですが、このお方も、世間に稀な古風なお人で、およそ現世の出世とは縁のないお方で、全くの隠遁者《いんとんしゃ》なのです。

お邸に見えても、丈高く生えた雑草や蓬《よもぎ》を刈りはらうことも思いつかないというう世間離れしたお方ですから、お邸はますます葎《むぐら》が生い茂って、東西の門も葎がはいまわって開《あ》け閉《た》てもできない有様になってしまいました。築地《ついじ》もあちこち崩れて、そこから牛馬も踏み荒らして庭に入り、放ち飼いにする不心得な少年も出てくるという有様です。野分《のわき》の後は廊などの屋根が無慚《むざん》に落ち、泥棒さえ、このお邸は覗いてもみないというほどになりました。

さすがに寝殿だけは、昔の調度類がものものしく残っています。それでも掃除が行き届かないので埃《ほこり》っぽいまま、姫君は一向気になさらず、古い物語など読んでひっそりと過ごしていらっしゃるのでした。

姫君の母方の叔母《おば》君で、今では落ちぶれて受領の北の方になっている方が、娘たちを大切に育てていました。あの機転のきいた侍従は、ずっと忠実に姫君にお仕えしていましたが、親たちが昔はこの北の方にもお目通りしていたのだからと思って、時々御機嫌伺いに立ち寄っていました。

北の方は、高貴の血筋なのに受領の妻になったことを自分で卑下していて、何かにつけてひがんだ考え方をなさるのでした。

「昔、姉はわたくしを見下していて、家の恥のように思っておいででしたから、今、姫君のお暮らしぶりがお可哀そうでも、お見舞いにあがれないのですよ」

など、嫌味なことを侍従に言ったりします。一方、心の中では、姫君を自分の娘たちの召使いにしたいという下心があって、

「時にはわたくしどもの家にいらっしゃって、お琴など聞かせてください」

などいうのでした。侍従もおすすめするのですが、姫君は例によって人見知りしていうことをきかないので、北の方は小憎らしいと思っているようでした。

そのうち、北の方の夫の受領は、大宰大弐《だざいのだいに》になりました。受領としては最も出世したのですから、北の方は得意になり、ますます強気になって、自分たちと一緒に末摘花の姫君も大宰府《だざいふ》に伴い去ろうといたします。

その頃、思いもかけない急な運びで、光君さまが流謫《るたく》の地から御帰京になりました。都は上を下への騒ぎで、我がちに光君さまの今後の御運にあやかろうと、門にひしめいている様子です。

姫君はきっと来てくださると、人知れず心の中に信じてお待ちしていましたが、光君さまはお心から末摘花の姫君のことは、すっかり忘れ去られていて、昔のお

通い所にはそれぞれお顔を見せながら、一向にこの姫君の許《もと》には訪ねてくださらないのでした。

あんなにお優しく契ってくださったのだもの、忘れきるなんてことがあるものか、きっとそのうちに思い出してくださるにちがいないと、愚直なほどに一途《いちず》に信じこんでいらっしゃるものの、やはり、光君さまの華やかなお噂だけが風の便りに聞こえてきて、お姿が見えないのが淋しく悲しく、時には音《ね》をあげてお泣きになるのがたまらないと、侍従がわたくしに話してくれるのでした。わたくしも今はもう他に住む家ができ、めったに常陸宮家を訪ねておりません。姫君のことを思い出してくださいと、申しあげるすきもないほど、お帰りになって以来の光君さまの御栄達ぶりは目ざましく、昔のように、気軽にお側にも近よれないのでした。

「わたくしは大弐の甥《おい》とねんごろになってしまって、一緒に大宰府に行かねばならないのです。でも、わたくしまでいなくなれば、姫君がどうなさるかとお気の毒で」

という侍従は、さすがにめっきりふけたものの、やはりどこか垢抜《あかぬ》けて、気配りのきく、しゃきっとした女で、男が好くのも無理はないと思われます。

姫君はどんなにむきつけに北の方に嫌味をいわれても、じっと耐えて、決して都を離れようとはなさらないので、とうとう侍従もおいとまを取ることになりました。

「お前も行ってしまうの」

さすがに姫君は、しおしおと泣かれて、

「何もあげられないから、せめてこれでも」

といって、取りだされたのが、あのお見事な髪のぬけ毛を集めてつくった立派なかつらだったというのです。それを美しい箱にいれて、宮家に伝わる名香の一《ひと》壺《つぼ》をそえて餞別《せんべつ》に下さったとか。

侍従がそれを見せに来てくれましたが、わたくしも涙なしには拝することができませんでした。

お心は真《ま》っ直《す》ぐで清らかで、ほんとうにこちらが恥ずかしくなるほど純情なお方なのです。どうしてこう御不運なのかと、おいたわしくてなりません。

すべては、わたくしが軽はずみなお引合わせをしたばかりにと思うと、悔やんでも悔やみたりないのでした。

それでも、ああ、やはり、神も仏もこの世にはいらっしゃったのです。

光君さまが、あるお方をお訪ねしようと出かけられた卯月《うづき》（四月）の夕月夜のことでした。通りすがりに、恐ろしいほど荒れはてた邸の前を過ぎようとされた時のことです。まるで森のように生い茂った庭木の松に藤の花が咲きかかり、月光に濡《ぬ》れて揺れているのが、風に乗って、さっと匂いを吹きつけてきました。なんとなく気になって、立ちどまられると、何やら見覚えのある気がしてきます。例によってお供の惟光《これみつ》にお訊きになりました。

「もしかしたら常陸宮のお邸でなかっただろうか」

「さようでございます」

「あの末摘花の姫君はまだ住んでいるのだろうか。様子をさぐっておくれ。人違いしたらみっともないから」

とおっしゃったので、惟光が狩衣《かりぎぬ》の裾を濡らして蓬生《よもぎう》の庭へ入っていきました。

惟光が後に、その夜の姫君と光君さまとの夢のような再会をこまごまと話してくれました。

あまり荒れはてた邸の中には、どこにも人の気配がないので、うっかり帰りかけた時、ようやく木立の奥にほのかな灯影《ほかげ》をみつけ、近寄ったら老女があらわれ、それが侍従の伯母《おば》だったというのでした。姫君はまだおひとりかとたずねたら、老女があざ笑って、

「心変わりなさるような姫君なら、こんな浅茅《あさじ》が原《はら》にいつまでもお留《とど》まりになる

でしょうか。ここの荒廃のさまを御覧になれば、すべてがおわかりいただけましょう。光君さまに、そう御報告してください」

と、ふるえ声で言うのでした。

惟光の報告をお聞きになって、光君さまは、その場で姫君を訪ねるお気持になられたのでした。

指貫《さしぬき》の裾をびっしょり草の露に濡らして、光君さまは姫君のいらっしゃる寝殿に、ようやくたどりつかれたということです。

姫君はどんなお気持で光君さまをお迎えあそばしたことでしょうか。おそらく、ああいうお方だから、例によって嬉《うれ》しさの何分の一も表すことがおできにならなかったことでしょう。

その後、光君さまは、御所でわざわざわたくしをお呼び出しくださいました。末摘花の姫君との再会で、わたくしのことまで思い出してくださったのだと思います。

「相変わらず若々しいね。また新しい恋をしているのかい」

など、昔ながらの調子でおからかいになるので、わたくしもつい、今の御身分の重々しさも忘れそうになるのでした。

姫君に逢われたことをしみじみと話されたのは、光君さまのおやさしさがうかがえてありがたいことでした。

「心ならずも、ずいぶんお気の毒な目にあわせてしまった。あの純情と貞淑さには、報いないとすまなすぎる。これまで捨てておいた分まで手厚くお世話しようと思うよ」

とおっしゃるのでした。その上、今、二条院《にじようのいん》の側に新築していらっしゃるお邸ができれば、そこへお引き取りになるつもりだとまで、考えておいでのようでした。

わたくしも今は安心して、お留守の間の姫君の御苦労のほどをこまごまと申しあげました。あのつつましいお方が、その頃はよくひとり、声を放ってお泣きになっていたと申しあげると、光君さまは、そっとお涙をぬぐわれました。

その後は、腹心の御家来を宮邸につかわされ、蓬を払わせ、塀の崩れを修復させ、庭師も入れて、樹々の姿も整え、お邸の傷みもすっかりなおされ、遣水《やりみず》も流れはじめ、前栽《せんざい》の根もともすっきりとして、ゆかしい風情が見ちがえるようになりました。

あんなに逃げ散った女房たちも、あさましいほど次々帰ってきて、人影も多くなります。

これまでの光君さまの恋のお相手は、すべて人並のお方ではなく、どこかひとところ格別にすぐれたところのあるお方ばかりのようでした。それなのに、こう申しては失礼ですが、御容貌といい、才気といい、お取りなしといい、人並より劣るようにお見受けするこの姫君を、こうまで深く御面倒をみてさしあげるのは、どういうことなのでしょうか。

一筋に光君さまの誠実を信じて疑いを知らないという姫君の純情が、数多い情事のお相手の中にも、比べるお方をもたなかったのではないでしょうか。

いいえ、やはり、前世の因縁が格別だったのでもありましょうか。何はともあれ、最初のお手引きをしたわたくしといたしましては、姫君のお幸せなお姿を拝するのは、誰にもましてありがたく嬉しいわけでございます。

みをつくし

六条御息所《ろくじようのみやすどころ》のかたる

このうつし世で、もはやふたたびお目にかかることもあるまいと思いあきらめていたあなたが、いまわの際《きわ》のわたくしをお見舞いくださろうとは……。

「光君《ひかるのきみ》さまが……光君さまが……」

古女房の中将《ちゆうじよう》の君《きみ》が、日頃の落着きも忘れて、上ずった声をあげ、廊下をまろびそうにあなたのお越しを告げてくる前に、わたくしは熱にうかされた夢うつつの意識の中で、いち早く、一瞬たりとも忘れることのなかったなつかしいかぐわしい匂いを聞きとっていたのでした。

どうして忘れることがありましょう。誰のものでもない、この世でただひとりの光君さまのお肌からただよいかぐわってくる、えもいえぬあのあえかな香り……あなたにかかりそめにも抱かれた女なら、その稀有《けう》な移り香を消すまいとして、

四、五日は身じろぎさえはばかられたあの狂おしいほど妖《あや》しくもなつかしいあなたの匂い……それを忘れようとして、どんなに切ない長い歳月を見送ってきたことか。

取って返した中将の君に案内されて、病の床のわたくしの部屋の外までお越しになったあなたを、女童《めのわらわ》のささげた手燭《てしょく》の灯影《ほかげ》が、ほのかに照らしだしています。

衾《ふすま》を目の下までひきあげて、わたくしはできるだけ病みやつれた顔を見られまいと、はかない見栄《みえ》をはりました。あなたの足音を聞きながら、骨ばかりになった指で、額髪を整えようとした自分のしぐさに、ああ、まだわたくしの中に女が残っていたのかと熱いため息がもれました。

十六の年、今は亡き東宮《とうぐう》の妃《きさき》として華々しく入内《じゆだい》し、その年生まれた姫宮が、早くも十三歳になった年でした。

桐壺帝《きりつぼてい》が御譲位あそばし、朱雀帝《すざくてい》が新帝に即位され、御代《みよ》が改まると、わたくしの姫宮が斎宮《さいぐう》に選ばれました。東宮には、藤壺女御《ふじつぼのにょうご》の産み奉った若宮がお立ちになりました。

あなたは近衛大将《このえのたいしょう》に昇進され、若柳のような爽やかさのうちに凜《りん》とした威厳もうち添っていらっしゃいました。

桐壺院《きりつぼのいん》はお気軽なお立場になられ、藤壺中宮さまとのどやかなお暮らしを楽しまれていらっしゃるとか。

あなたは、まだお小さい東宮の後見《うしろみ》の役をお引き受けになり、何かと気苦労も多いお立場のようでした。それを口実にしてわたくしのほうへは、すっかり絶え果てたような夜離《よが》れがつづき、もはやふたりの仲に恋はむくろになってしまっております。このまま捨てられた女の屈辱を世にさらして生きのびるにはあまりに辛《つら》く、いっそ斎宮が伊勢《いせ》へ下向の時は、御後見として御一緒にお供して伊勢へ下ってしまおうかと、ひそかに思いはじめておりました。

桐壺院が、どこからわたくしたちの冷えきった関係をお耳にされたのか、

「前東宮《さきの》がこの上なく御寵愛《ごちょうあい》なさってあれほど時めいていられた六条御息所《ろくじょうのみやすどころ》を、そこらの女たちと同列に、光君が粗略に扱っていらっしゃるらしい。なんというお気の毒なことだろう。斎宮もかねがねわたしの皇女たちと同じように考えて、心をこめてお扱いしている。そういう高貴で大切なお方をおろそかになさり、勝手気儘《きまま》な浮気が絶えないとはなんというおいたわしいことか」

と、お嘆きになられ、あなたを呼び寄せ厳しくお叱りあそばしたとか。

そういう噂《うわさ》が伝わるにつけても、他から同情されるような浅ましい身の上にな

りはてたのかと、かえって恥ずかしく居たたまれない思いがするのでした。

自分が生霊《いきりょう》になって出産前の葵上《あおいのうえ》さまにとり憑《つ》きいたぶりつづけ、果てはお産の後の葵上さまを死に至らしめたなどと、どうして信じられたでしょう。洗っても洗っても消えない髪や衣服にしみついた芥子《けし》の匂いに、それと教えられてもまだ、わたくしは自分の神経が日頃の心痛で弱りはて、そんな匂いを幻想として嗅いでいるのではないかと思っていたほどでした。

けれども思いあぐねつつ御不幸から半年ほど過ぎた頃でした。日毎《ひごと》に身にしむ秋の風がしみじみとあわれを誘う露のある朝、庭の白菊の開きそめた枝に、濃い青鈍《あおにび》の紙に喪のつつしみをあらわし、久々のお便りを届けさせたのでした。使いの者には名乗らずにこっそりお縁側の端にでも置いてくるようにと申しつけました。

「あまりに長い御無音《ごぶいん》は、御不幸のお悲しみをお察しして御遠慮申しあげていたのでした。その間じゅうのわたくしの切なさもお察しいただけますことでしょう。

　人の世をあはれと聞くも露けきに
　　おくるる袖を思ひこそやれ

取り残されたあなたのお悲しみを思えば、今朝の空の風情にしのびかねまして」

と、心をこめて書きました。

お返事は、はらはら気を揉《も》むほど時間をかけてようやく届きました。

紫の鈍色《にびいろ》がかった紙に、

「すっかり御無沙汰の日数を重ねてしまいましたが、あなたを決しておろそかに思っているわけではないのです。御遠慮してお便りをさしひかえていたわたくしの気持もお分かりくださっているだろうと思いまして。

とまる身も消えしも同じ露の世に
心おくらむほどぞはかなき

それにしても、あまり思いつめないでください。喪中の手紙はあるいは御自身で御覧にならないこともあるかと思いまして、わたくしのほうも今はこれ以上、申しあげないことに致します」

とあります。人目を避けてこっそり拝見いたしました時、はっと胸を突かれ思わずその場につっ伏してしまいました。ああ、やはり……それとなく仄《ほの》めかしていらっしゃる行間にこめられたあなたの想《おも》いが伝わってまいります。もっとおっしゃりたい、控えていらっしゃる事とは……日頃、心の鬼に責められていたあの芥子の匂いの事実にちがいありません。ではやはり、あれは夢ではなく、現実に起こった事だったのかと、胸もふたがり涙も出ないのでした。限りもないわが身の憂さをどう晴らせばいいのでしょう。

こんな浅ましい噂がひろまって、院のお耳にでも達したら、どうお思いになられましょう。亡き前東宮と桐壺院とは同腹の御兄弟でいらっしゃった上、殊にお睦《むつ》まじい仲でいらっしゃいました。頼りない、わたくしの斎宮のお身の上も、ねんごろにお頼み申しあげましたら、

「前東宮に代わって親代わりとして、そのまま引きついで姫宮のお世話を大切に申しあげましょう」

などと常に仰せになり、わたくしにも、

「東宮妃の時のまま、引きつづき宮中でお暮らしなさい」

と、しきりにおすすめくださったのでした。桐壺帝の御寵愛をいただくなど、まさかお受けできることではなく、固くお断りして前東宮へ操《みさお》を立ててきましたのに、あなたの誘惑に負けてしまって、こんな年甲斐《としがい》もなく辛い物思いをした果てに、後の世まで語り草にされそうな恥ずかしい浮名をまで流してしまうはめになったとは……なんという情けないわが身の上なのでしょう。悔いても詮ないことが悔やまれつづけ、嘆き乱れるため、それが因《もと》で病がちになり鬱々と日を送ったのでした。

斎宮は、宮中に設けられた初斎院《しょさいいん》に入っていましたが、やがて野宮《ののみや》の潔斎所の

仮宮《かりみや》へお入りになり、一年間の潔斎をなさることになりました。

いつまでも、見捨てられたあなたへの未練に沈んでばかりもいられず、野宮へ移る支度にわれわれから自分を駆り立てました。せめて風流な趣向を凝らして、味気ない野宮の潔斎の日々を過ごそうと工夫もいたしました。

いらしてほしいあなたは、ちらともお見えになってくださらず、いつの間にか、風流な殿上人《てんじょうびと》たちの誰彼《だれかれ》が、朝夕の嵯峨野《さがの》の露を踏みわけて、はるばる野宮を訪ねてくださるようになりました。それも、わたくしが、もはやあなたに見捨てられ、縁も切れた女と思われてのことでしょう。どのお方も若くて、教養や趣味の高い方々ばかりで、あなたがわたくしを独り占めになさるまでは、六条の邸《やしき》にきて、花や月や雪につけては詩の会や音楽の遊びを愉《たの》しんだお仲間たちだったのです。

さすがにどの方も露骨にあなたとの噂など口の端《は》にものぼらせず、趣味深い話をしたり、笛を吹き聞かせてくださったりして、淋《さび》しい野宮のわたくしどもを心から慰めてくださるのでした。中には女房たちとひそかに語らいあう人もでてきて、そんな時の話から、都での様々な噂も伝わります。

葵上さまがお亡くなりになった後、世間では、あなたの北の方の座に誰が坐《すわ》るかが話題になったようです。今度は誰はばかることもなく、わたくしが北の方として迎えられるだろうというのが噂の中心だと伝わってまいります。それはまた、わたくしの女房たちの最も望んだことだっただけに、女房たちがそんな噂話にさえ、喜びあいはしゃいでいるのが辛くてなりません。そんなことが決して起こり得ないことを、誰よりもわたくしが承知しているからです。浅ましいわたくしの生霊をまざまざと御覧になって以来、あなたがどれほどわたくしをおぞましく思い、お嫌いになっていらっしゃるか、わからないわたくしでしょうか。

それなら、どなたが北の方になられるかということのほうがわたくしには関心事でした。

東宮妃と決まっていた右大臣の六の姫を、あなたが奪っておしまいになったため、六の姫の運命が狂われてしまったと、もっぱらの噂でした。もしかしたら六の姫がと想像していたのに、そんな噂も聞かないまま、あなたがまだ童女のような稚《おさな》い姫君をお邸にかくまい、またとないお扱いをしていらっしゃるとかいう話がまことしやかに伝わってまいります。

あまりといえばわたくしを踏みにじったあなたの冷たさの中には、もうはや一片の愛のかけらも残されているとは見えません。

野宮での一年の潔斎の日々もたちまち過ぎ行き、九月にはいよいよ伊勢へ下向しなければならない日が迫ってまいります。

このままあなたと言葉もかわさず行ってしまうのかと思えば、断腸の思いですが、あなたのつれなさが身にも心にもひしひしとこたえて、もはや、同じ京の空の下には息をすることも切なく、なまじお逢《あ》いなどすれば未練が湧こうと、われとわが心に言い聞かせ、一切の絆《きずな》を断ち切って一日も早く伊勢へ発《た》ちたいと思い定めている毎日でした。

斎宮が稚く心もとないから母親がついて行くというのは、あくまでも表向きの理由で、実は京 雀《きょうすずめ》の口の端にまで上っているわたくしの惨めな立場、捨てられ忘れられた秋の扇のわびしい境涯に、これ以上耐えていく心が萎え失《う》せての逃亡に外なりません。

あなたからはその頃、お便りだけが珍しく頻々と届けられるようになりました。お手紙の中のあなたは、昔のように言葉だけはかぎりなくおやさしく情のこもったなつかしいお方でした。上すべりなほど美しい言葉のつづられた裏にひそんでいる、あなたの冷たい本心に目をつぶってさえいれば、それはそれでやはり心慰まるものがありました。

もう一度お目にかかることなど、今更思いもよらぬことと、わたくしのほうでは諦めきっております。あなたがわたくしを厭《いと》わしい女と思っていらっしゃる以上、お逢いすれば、より深い悩みがわたくしにはもたらされるばかりでしょう。

六条の邸には、ほんのしばらく立ち帰る時もあるのですけれど、たいそうこっそり出入りしていますので、あなたには一度も気づかれませんでした。

野宮のほうはそうたやすくお越しになれる所でもないので、あなたが訪ねてくださらない口実にはなるのでした。

「片時として忘れたこともなく、あなたの面影が心から離れたこともありません。今日のあなたのお手紙には、わたくしをつれない薄情者のようにやはり思っていらっしゃる御様子がしのばれ、すぐにも駆けつけたく思います。実は、あなたに御心配かけまいとかくしていたのですが、院の御容態がこのところ、かなりお悪くて、気持が落ち着かないのです。いつ何が起こるかわからない不安につきまとわれ、ちょっとした出歩きもできないでいます。心はあなたのいらっしゃる野宮にいつも走り寄っておりますのに」

そんな言い訳がすべてつくりごととは思えませんが、何をおいてもいらしてくださろうというわたくしへの情熱が、涸《か》れておしまいになったということなのです。

九月七日の頃、伊勢への下向の日もいよいよ今日明日に迫ってきて、心あわただしい日がつづいておりました。

「ほんのしばらくの間でも、どうしてもお目にかかりたい」

と、急に思いつめたようなお便りがしきりに届けられました。やはり、このまま、薄情なお方とわたくしに思いこませたままお別れするのに、気がとがめていらっしゃるのでしょうか。

今更……という思いと、やはり一目でもという未練がないまじり、迷いつづけましたが、お逢いしたい誘惑にはとうていうち勝つことはできませんでした。

「御簾《みす》越しならば」

と、子供だましのような言い訳を自分の心にして、とうとう、お待ちしますとお返事をしたためたのでした。

すっかり夜も更けてから、月明かりを頼りに嵯峨野の花野の露を踏み分けて、あなたはお越しくださいました。ほんの十人余りの前駆《さき》の者をおつれになり、その人たちは見るからにお忍びというさりげないいでたちをなさっていたと女房たちが申します。

形ばかりの小柴垣《こしばがき》をめぐらせたほんの仮普請で、黒木の鳥居だけが神々《こうごう》しさをあらわしているような侘《わび》しいあたりの風景を、どうお目に映されたのか、はじめからあなたのお声は震えておいででした。お待ちする間の所在なさに、女房たちが楽の音《ね》をひびかせておりましたので、訪《おとな》われるお声をつい聞きもらしたほどでした。

前駆の高い声に、あわてて楽器を片づけている間に、あなたはもう北《きた》の対《たい》の縁にまでお進みになっていらっしゃいました。わたくしが女房を中にたてて、じかにお目にかかるのを避けましたら、あなたはひどく気分を悪くされ、

「昔とちがい今のわたくしは、こんなしのび歩きもままならぬ、不自由な身になっています。それをお察しくださるなら、注連《しめ》を張りめぐらせた外に立たせるような他人行儀な扱いはなさらないでください。今宵《こよい》こそは、胸にためこんでいる思いの数々を何もかも晴らすつもりでまいりましたのに」

と、熱っぽくかきくどかれます。ああ、そのお声、まだお若かった十七歳のあなたの性急な求愛の激しい口調が、ひしひしと思いかえされて、早くもわたくしの胸の氷はとかされてしまいそうでした。

「あんまりおいたわしすぎますわ。あのままでは見ていられませんわ」

女房たちは早くもとりなす側にまわって、わたくしを情のないように責めるのでした。

斎宮に聞きとがめられても恥ずかしいと思い迷いつつも、ため息と共にためらいながらにじり寄ってゆきました。

「簀子《すのこ》の上ぐらいはお許しいただけるでしょうか」

とおっしゃりながら、あなたは早くも上がって坐られます。折から、はなやかにさし昇ってきた夕月の光を受けて拝するお姿の雅《みやび》やかなお美しさは、やはり目もくらみそうなおなつかしさ……。あなたはあまりの長いお見限りの言い訳も恥ずかしく思われたのか、榊《さかき》を折って手にされていたのを御簾の中にさし入れて、

「この榊の常盤木《ときわぎ》の葉のように変わらぬわたくしの心に導かれ、神の斎垣《いがき》も越えてまいりました。それなのになんという冷たいあなたのお仕打ちでしょう」

と、こぼされるので、

「野宮には目印の杉もありませんのに、どうまちがえてお出《い》でになったのでしょう」

と申しますと、

「神にお仕えする少女のいらっしゃるあたりの榊葉《さかきば》の香に導かれて、お訪ねしてまいりました」

あたりは神域らしくおごそかなのに、あなたは恐れもなく御簾を肩に引きかぶるようにして半身を内にさしいれて、長押《なげし》に寄りかかられたのです。

こうしてじかにお逢いしてみると、抑えがたい恋しさだけがふきあげ、あなたに執着していた長い年月の間は、まだゆとりのある心おごりのため、こうも切なくはなかったようにさえ思われるのでした。

あなたはひたすら、激しくお泣きになるばかりで、わたくしはつとめて心弱りは見せまいと気を張っていました。

「やっぱり、伊勢へなど行かないでください。あなたに捨てられて世間に恥ずかしい思いをしている上、これから何年もお逢いできないかと思うと、命も縮まる思いです。お願いだから行かないでください」

伊勢へ行くかもしれないと打ち明けた時にこそ、このお言葉を聞きたかったと、今更ながら恨めしさがこみあげます。あの頃は、あなたは止めようともしてくださらず、逃げ腰だったではありませんかと、咽喉《のど》まで出かかった言葉をのみほし、狂おしいほど愛しあった昔のことや、長い苦しみの歳月の恨みなど一挙に思い出されて、胸もはりさけそうでした。お逢いしてしまえばそうなると思った通り、わたくしにはあなたの情熱を拒むなんの力もなくなってしまうのです。

月も山の端《は》にかくれてしまったのか、ものあわれな空をながめながら、あなたが情を尽くして愛の言葉を、天の甘露《かんろ》のように降りそそいでくださるのを全身に受けているうちに、凝り固まっていた恨みも苦しみも、淡雪のように跡かたもなくとかされきってしまいました。

これが世の終わりのように、激しく愛しあったあの時間は、永遠につながるようでした。さまざまな恋の物思いのすべてを共有しつくしてきたふたりだけに、ひとたび心がとけあってしまえば、いくら言葉を尽くしても語り尽くせないほどの思いがたまっておりました。

その間にも時は確実に過ぎ、いつの間にか月がかくれ空が白みそめてまいります。

「いつでも別れはつらかったけれど……、

あかつきの別れはいつも露けきを
　こは世に知らぬ秋の空かな

こんなつらさがまたとあるでしょうか」

つぶやかれたまま、わたくしの手をおとりになり両掌《りょうて》にはさんで、名残惜しそうにためらっていらっしゃるあなたの御様子は、たまらなくおやさしいのです。

折から風が冷ややかに吹きこみ、松虫の鳴きからした声が、まるで今朝の別れの伴奏のようにしみじみ聞こえてきます。それでなくてさえ悲しい別れなのに、これ以上鳴き声をあげないでほしいと思われる虫の声でした。

名残はいつまでもつきないままに、もはやあたりも明るんできたので、あなたはついにお立ちになりました。

幾度も振り返られるあなたのお姿を柱にとりすがって目で追いながら、わたくしはこのまま息絶えてしまいたいとさえ思いました。あなたの甘いお言葉のまま

に、いっそ伊勢行きを思い止《とど》まろうとした迷いの名残が、まだ胸にくすぶってい
ます。けれども、昨夜の一夜の思い出だけを抱きしめて、やはりこのまま旅立つ
ほうがよいのです。気まぐれなあなたの多情さに、必ずまた傷つく日が訪れるの
は、火を見るより明らかなのですもの。あなたのお口のうまさは天性のもの、さ
ほどに思っていらっしゃらない時でも、面と向かった女には、その場限りで最上
の愛の言葉を、惜しみなく与えられるお方です。
後朝《きぬぎぬ》のお文《ふみ》は、これまでいただいたどのお手紙よりも心にしみる熱いお言葉で、
埋めつくされておりました。
十六日には桂川《かつらがわ》で斎宮のお祓《はら》いがあり、御所に伺い、帝《みかど》にお別れを致しまし
た。十四歳になった斎宮は年より稚びてはいますものの、晴れの盛装に着飾った
姿は、親の目にもこの上なく可憐《かれん》で美しいのでした。
朱雀帝もあきらかにお心を動かされた御様子で、型通り別れの小櫛《おぐし》を斎宮の頭
にさしていただく時、
「これ限り京のほうを御覧にならないように」
と、おっしゃるお声、お手も震えていらっしゃいました。
無邪気にお見上げする斎宮の瞳をさし覗《のぞ》かれるようにして、お涙を拭われたの
がありがたく心に焼きつきました。

わたくし共を見送ってくださろうと、多くの人々が立ち並び、別れを惜しんでくれました。

暗くなってから出発して、あなたのお邸の二条院《にじょうのいん》の前を通りかかります時、お別れの歌をお使いに輿《こし》まで届けさせてくださいました。それもまた涙の種になります。

お返しは次の日、逢坂《おうさか》の関《せき》の彼方《かなた》からさしあげたと思い出されます。

あれからわずか二年半ほど後に、あなたまで都を追われる運命が待ち受けていたなど、誰に予想ができたでしょう。

右大臣家の姫君とあなたの恋の発覚が引き金になったとは表向きの理由、あなたはいまわしい政争の犠牲にされたのです。なんというおいたわしさ。

須磨《すま》へお流されになったあなたの御悲運を、淋しい伊勢で聞きながら、わたくしは心のどこかでほっと緊張のゆるむのを覚えていました。

あなたも今は女っけなしの淋しいお身の上になったと思うと、どんなに遠く離れていても胸を焼く苦しい嫉妬から少なくとも解放されるのでした。お淋しくておいたわしいといっても、わたくしの伊勢の暮らしも、島流しとさほど変わった身の上ではありません。都の男と辛い別れをしてきた女房の中には、こらえきれず着のみ着のままで、深夜逃げだす者もいるくらいでした。

あの頃は心から御同情して、よく長いお便りをさしあげました。孤独な心と心がぴったりと寄り添うような充足感に満たされ、むしろいそいそとお便りを書きつづけたものです。

「この淋しさは、同じ都を遠く離れて暮らす者どうしにしかわからないのですね。都からのどのひとの手紙よりも、あなたのお手紙がしみじみ身にしみて嬉《うれ》しく待たれるのです」

いつになく素直なあなたのお手紙にも、思いがけない須磨での苦しい淋しい御生活がしのばれるようでした。

それも束《つか》の間《ま》、やがて明石《あかし》にお移りになったあなたからは、お便りも途絶えがちになり、あなたの御身辺に何か新しいことが起こったと察しられたのです。まさか流謫《るたく》の地の明石で、早くも若草のような姫君を見そめられ、閨《ねや》のおとぎをおさせになっておられようとは……。

「どうしてこんなになるまでお知らせくださらなかったのです。あまりに水くさい。お恨みに存じます」

几帳《きちょう》のほころびから覗きこむようにして、あなたは切なげなお声をお出しあそばす。

「まさか、それほどわたくしを頼り甲斐のない男とお見限りになっていたとも知らず……」

ああ、またしてもそのような蜜のようなおことばを……もう幾十度、幾百度その甘やかなお言葉にあざむかれつづけてきたことか。

「お姿をお変えになる前に、せめて一度でもわたくしを思い出してはいただけなかったのでしょうか。取り残されるあわれな惨めな男を」

お返事をする力も失せて、わたくしはわずかにあえぐだけでした。死を迎える直前にしか落飾《らくしょく》できなかったわたくしの未練な心の底に、せめてあなたにこの世でもう一度逢う日があるならばという逡巡《しゅんじゅん》があったなど、たとえ死んでも口にはできません。ああ、あなたはその時、あたりもはばからずさめざめとお泣きになるのです。この恋をかなえてくれなければ死ぬと迫ったあの遠い日も、十七歳のあなたはしおしおとお泣きになりました。もうあなたのお心変わりに力つきて、わたくしからお別れを述べた時も、二度、三度と、あなたは別れたくはないと、熱い涙をわたくしの膝や胸の上にしたたらせてくださいました。その都度、わたくしもあなたに負けないくらいに流してきた涙の数々……ああ、もうそんなお芝居も今宵かぎりでございます。

「あの秋の嵯峨野の月明かりの夜を覚えていらっしゃいますか」

涙でうるむ声であなたはおっしゃいます。

「気強いあなたは、あの日もわたくしを見捨てて、伊勢下向をおひとりで取り決めてしまわれたのです。見捨てられた男よと都じゅうに恥ずかしい名をたてられても、わたくしにつれないあなたがどうしても忘られず、恥をしのんで浅茅《あさじ》が原《はら》をかきわけて、野宮の潔斎所へお訪ねしたのです。月明かりの秋の嵯峨野を、あなたひとりの俤《おもかげ》を需《もと》めて忍び通ったあの夜のことは、忘れようにも忘れられない。かすかに夜風に運ばれて、琴や笛の音が、花野いっぱいにすだく虫の音《ね》にまじってほのかに聞こえてきた時、ああ、あなたの琴の音色だと、思わず立ちどまって落涙してしまいました。

あなたはあの夜も誇り高く気強く、はるばる夜露に濡《ぬ》れしおたれて訪ねたわたくしを、簀子の上にさえなかなか上げてはくださらなかったのです。女房たちのとりなしでようやく奥の闇からにじり出てきてくださった時のあなた……ああ、どの逢瀬《おうせ》の夜よりもあの夜のあなたは﨟《ろう》たけてこの上なく可憐に見えました。いつもならあなたの立派さや気高さに気圧《けお》され気味で臆病になるわたくしも、あの夜のあなたほどいとしいと思ったことはない……しおとしたあなたの愁いをふくんだやさしい俤に月明かりがさしそって、その光を恥ずかしそうに袿《うちき》の袖をあげてさえぎられたあなたのたおやかさ。たまらなくなってわたくしはそのまま縁側から上がりこみ、夜《よ》ひと夜《よ》、尽きぬ語らいができたのでした。

あの夜のあなたは、いつものあなたとはちがっていました。骨のないようになよやかに嫋々《じょうじょう》として、わたくしの腕の中では水のように素直に揺れうごいてくださったものです。まさか忘れたとはおっしゃらないでしょう。あの夜のすべてを……。

わたくしが、どうか伊勢へゆくのを思いとどまってくれとおすがりしたら、あなたはさめざめと泣きながら、そうしてもよいと一度は誓ってくださったのです」

「でもそれは……」

わたくしは苦しい息の下から声を出しました。

「お互いにすぐ破られる誓いと知りながらの、お芝居でしたわ」

この期《ご》に及んで、なんと可愛《かわい》げのないことを言うものよと思われたらしく、あなたは重いため息をつかれたまま、黙っておしまいになりました。その沈黙のしじまの中であなたのお胸に去来しているものが、末期《まつご》のわたくしの眼《め》には、恐ろしいほどありありと見えてくるのです。

わたくしは野宮に移った時から、すでに生けるしかばねでした。しかばねにしたのはあなたです。わたくしを生きながら殺したのはあなたです。伊勢下向をまだ迷い、あなたが取りすがって強くそれを止めてくださることをひそかに待ちのぞんでいたわたくしに、あなたはおっしゃったのです。

「わたくしのようなつまらない男をお見限りになるのも当然だけれど、こんな頼り甲斐のないわたくしでも最後まで連れ添ってやろうとお考えくださるのが、深い愛情というものではないでしょうか」

そんなまわりくどい曖昧な言いまわしの中にこそ、あなたの冷たい御本心がかくしようもなくあらわれていて、わたくしはいっそう死人になっていったのです。

そんなわたくしを、野宮まで追っていらっしゃったあなたのお心の底には、何があったのでしょう。むくろになっていたわたくしの心に、あなたはまたしてもさまざまな甘いやさしいお言葉を浴びせかけ、月光のように、縁側から御簾の中へ忍びこんでこられました。あの夜、わたくしはあなたのいつでも出せる涙や、その場かぎりの実のないやさしさに、またもやだまされて、いいえ、だまされたふりをして、生きかえり、互いに燃えあっていた昔のように、しみじみとした愛をかわしたものでした。そこが潔斎所だという遠慮も、女房たちへの気がねもいつか忘れはてて、わたくしは最後の、もはや再びとはないあなたとの熱い夜に身も心も焦がしたのです。

「あの野宮の暁方のお別れのことは、忘れようとしても忘れられるものではない。去りぎわにとったあなたのお手の冷たさが、今もありありと思いだされます」

深い物想いからさめたように、あなたはつぶやかれ、

「六年も昔のことだ。あれっきり、どうしてわたくしたちはこんなにも長い歳月逢わずにいられたのだろう」

と、ため息をおつきになる。逢うとは、男が女の許《もと》に来ること、女はいつでも待つばかりの身の上。どうしてと訊《き》きたいのはこちらのことですと、言いたいことばをのみ下し、わたくしは灯影から身をかくすように、位置をずらしました。あなたが大殿油《おおとなぶら》の光の揺れるあたりにお目を据え、わたくしの変わりはてた尼姿を見定めようと、几帳のほころびにまた顔をさしのぞかせようとなさったからです。

「もう恐ろしいほどやつれはてております。後生《ごしょう》ですから、どうか御覧にならないで……でもこんないまわの際に、こうして思いがけずまたお越しくださいましたのも、前世からの浅からぬ御縁かと思います」

「そんな悲しいことをおっしゃらないでください。一言の御相談も受けず出離《しゅつり》あそばしたと伺った時は、六年前の伊勢下向の時と同じように、あなたにいきなり

捨てられたというおどろきで胸がつぶれたのです。まだこの上、あなたはわたくしを見捨ててひとりであちらの世へ旅立とうと急がれるのですか。三度もつれなく見捨てられるほど、わたくしは情けない男なのでしょうか」

「わかっていらっしゃるくせに……今になってそんな言いがかりはよしてくださいい。それより、わたくしのいまわの際のお願いがございます。遺言としてお聞きとどけくださらないでしょうか」

「遺言などと言わずに、どうか何なりとお話ししてください」

「もうわたくしの命は明日をも知れないことでしょう。これも前世の定めと思いますけれど、後に身寄りもなく残される姫宮のことを思いますと、死んでも死にきれません。どうかわたくしに代わって、頼りない身の上の姫宮のお世話をよろしくお願いいたします。せめて、も少し分別もつく年頃まで見ていてあげたいと思いましたけれど……」

声の終わりは涙にかきくれるのを、あなたはあわれとお思いになったのか、

「そのようなお話がなくても、姫宮のことをわたくしがどうしてお見捨てするでしょう。この上は及ばずながら、できるかぎりの後見はさせていただきます。決して御心配なさいませんように」

そんなに頼もしく引き受けてくださったのに、わたくしは最後の力をふりしぼ

って、さらに申しあげました。

「ありがとうございます。でも、いっそう厚かましいお願いで申しあげにくいのですけれど、もう死んでゆく者の迷いごとと思ってお許しくださいまし。どうか姫宮の御後見をしてくださいます時に、あなたのたくさんの御寵愛のお方のお仲間には、入れないでいただきたいのです。もしそんなことになりますと、人から嫉妬されたり憎まれたり、いろいろな心のわずらいが出てまいります。男と女の愛の苦しさは、もうこのわたくしが盃《さかずき》の底の底までのみほしました。姫宮にはあの辛い想いだけはさせたくないのです。おろかな、お恥ずかしい思いすごしかもしれませんが、くどいようですが、どうか、決して、色めいたことのお相手にはなさらないでくださいませ。この姫宮にはせめて正当な結婚をさせてやりとうございます」

さすがにむっとした気配をお見せになって、それでもあなたはお答えになりました。

「近頃はわたくしも何事につけても、一応、物をわきまえてきたつもりなのに、昔のままの放蕩者《ほうとうもの》と思いきめていらっしゃるのは心外です。でもまあ、そのうちにわたくしの真心をお見せすることができましょう」

そう言いながらも、あなたのお目は、几帳のほころびから大胆にさしのぞかれ、脇息《きょうそく》によりすがったわたくしの肩越しに、帳台《ちょうだい》の奥で頰づえをついて、沈みきって物想いにふけっている姫宮のほうへそそがれているのです。紫上《むらさきのうえ》を十歳の時から引き取られ、高貴な理想の女人に仕立てあげられたあなたですもの、年より稚びているとはいえ、今年はや二十歳を迎えた姫宮に、お心を動かさぬはずがあるでしょうか。わたくしよりも故東宮のおもざしに似ている姫宮は、わが腹をいためた娘ながら、よくもこうまで品よく愛らしく育ってくれたと見惚《みと》れることがあるのです。十四の時からの伊勢の斎宮生活のおかげで、年より無邪気でおっとりとしています。その分世間知らずで、男につけいられるすきも多いだろうと、わたくしは気が気ではないのです。

でもあなたにこんな遺言をした心の底の底の本音をあかせば、わたくしはわが娘にさえ起こり得ないとはいえぬあなたとの未来の愛に、物狂おしい嫉妬を覚えていたのではないでしょうか。わが産みの娘の若さに、死んでいく母のわたくしが嫉妬している……なんという浅ましさ……わたくしの心に巣くう鬼めは、こんなに弱りはてたいまわの際のわたくしの軀《からだ》の中からさえも、去ろうとはしていないのです。あの世までも、地獄の底までも、わたくしはこの心の鬼と共に堕《お》ちてゆくのでしょうか。

あなたの視線はまだ姫宮のあたりに縫いつけられています。斎宮の生活が長かったので、男の視線を警戒する習慣がゆるんでいる姫宮のはしたなさが苛立《いらだ》たしい。袿をさっさと引き被《かぶ》り、早く顔をかくしてうち伏せばいいものを。

「急に、またひどく苦しくなってきました。もう起きていられませんので、どうかお引き取りくださいませ」

「どんなふうにお苦しいのか、かえって心配です」

「いいえ、どうぞ、もう……ひとりにしておいてくださいませ」

こらえかねて、涙と共に弱々しく言うわたくしの声に、さすがにあなたも留《とど》まりかねて、女房たちにくれぐれも面倒を見るようにと、例によってこまごまと女より気のつく配慮と指示をしてからお立ち去りになりました。

その後ろ姿に、これまでの別れの朝のすべての後ろ姿が重なって、わたくしはその場に力つきて伏しまろびました。今宵こそ、今宵こそ、これが最後の見おさめのあなた、かぎりなくやさしく、かぎりなくつれなかったあなた、恋の歓喜と絶望を共に味わわせてくれたあなた、生霊になるほどの情熱と執念を、この身に凝り固まらせるほどの、稀有《けう》な愛を知らせてくださったあなた、さようなら……やがてゆく地獄の炎に焼きつくされたら、わたくしの妄執も心の鬼も、はじめて清らかな灰になることでしょう。白いさらさらとした風よりも軽い灰に。

松風

✸

まつかぜ

明石上《あかしのうえ》のかたる

あのお方が去年、秋風の吹きそめる頃、都にお帰りになってから、またたく間に七か月も過ぎていました。お別れする時、おなかで三月《みつき》になっていたあのお方との愛の形見が、日ごとに育っていくのを唯一の命綱にして、わたくしは惜しくもない命を、辛うじて長らえていたのでした。

あんなはかない夢のような愛の月日しか想《おも》い出《で》の中にとどめることができないのは、よくよく自分の前世に覚えのない愛の過失でもおかしたのであろうと、嘆きは深まる一方でしたが、あのお方のお発《た》ちになった後、情けないほど呆《ほう》けてしまった父や、すっかりぐちっぽく老いの目立ってきた母を見ては、わたくしが海の藻屑《もくず》にでも消え果てた後の、ふたりの嘆きが想いやられて、死ぬにも死ねないのでした。

忘れるものかと、千万の誓いをたててくださったお方なのに、都にお帰りになってすぐ、無事着いたとの、あわただしいお報せ《しら》をいただいたきり、お文《ふみ》さえ絶えてしまったのです。

わたくしは、はじめからこうなる運命と、身分ちがいの立場から、あきらめておりましたので、ああ、やはりという苦しい想いをひとり嚙《か》みしめて、表情にも出さず耐えておりました。

父の入道《にゅうどう》は、日頃は呆けているくせに、都からの旅人が、公用・私用にかかわらず明石《あかし》を通りすぎると耳にするなり、その人たちの旅宿に訪ねて、あのお方の御消息を根掘り葉掘り聞きかじってきては、嬉《うれ》し泣きしてわたくしたちに伝えるのでした。

あのお方が御帰京後、帝《みかど》の御病気が目に見えて御快復あそばし、どういうお考えからか、突然、東宮《とうぐう》に御譲位のことがあり、御代《みよ》が改まりました。あのお方は内大臣に昇進なさり、葵上《あおいのうえ》さまの御父上の致仕《ちじの》左大臣さまが、摂政《せっしょう》・太政大臣《だいじょう》という、臣下としては最高の御栄誉に輝かれ、あのお方の御縁につながるすべての人々が、昨日の悲運を今日の栄誉と取り替えられ、昇進や栄達の喜びに輝きみちていらっしゃるとかいう、華々しいお噂《うわさ》ばかりが伝わってまいります。

あのお方の御一門で、政権を掌握なさったといっても過言ではないほどの華々しい御盛運に、父は興奮して、涙と鼻水を一緒にして、まるで自分まで、その栄達の輪の中へ入ったかのような取り乱しぶりなのです。

それでも一夜明ければ、前よりいっそうしゅんと落ちこみ、そのような栄誉の忙しさの中で、つゆも思い出していただけない明石のわたくしたち一家の惨めさに、打ちしおれてしまうのでした。

「まさか、これっきり、お見捨てなどという冷たいお方ではない」

など、涙の中から母にこぼしている声を、わたくしは聞かないふりをしていました。

あのお方が都ではたくさんのお通い所を持ち、そのあげく帝の寵《おも》い人《びと》にまで道ならぬ恋を結び、それが直接の原因で、須磨配流《すまはいる》になられたということも、今ではわたくしの耳にも入っております。どんなに多くの恋人がおありになっても、紫《むらさきのうえ》上さまに対するお心の深さは、格別のものだということは、わたくしが短い逢瀬《おうせ》にも肌で感じとっております。

風の便りに、あのお方が昔と人が変わられたように、ふっつりと外歩きをおやめになったなどということも、耳をかすめてまいります。

お淋《さび》しい三年のお留守を耐えられた分、紫上さまは、お幸せを今こそひとり占めにしていらっしゃるのでしょう。

どうせ、わたくしに対するあのお方のお気持など、淋しい配所《はいしょ》での出来心にすぎないのです。あのお方から見れば、もと受領《ずりょう》の田舎娘など、通りすがりについ摘《つ》み捨ててしまった雑草の花ほどにも、お心にとめてくださらなくても当たり前なのではないでしょうか。

でも、あのお方の物のはずみの愛のたわむれが、今、わたくしのおなかに生命を宿したという皮肉な運命だけは、人の心の外のはからいなのでしょう。わたくしはあのお方を頼りにもあてにもせず、この海辺の辺境で、ひとりであのお方の形見の御子《みこ》を育ててゆこうと決心して以来、なんの不安も、不平もなくなったのでした。

おなかの生命が日ごとに力強く育つのが感じられ、ある朝、ふと、おなかの中で、手や足を突っぱったような動きを伝えてきた時、思わず、あ、とつぶやき、身を起こしてしまいました。その時はじめて、わたくしはあのお方が横にいてくださらないことが淋しく辛《つら》く、この喜びをふたりして分け持つことができない不運を、生まれてくる子のためにしみじみ悲しいと、思い知ったのでした。

あのお方がわたくしどものことを心の隅にもかけていてはくださらないと思いきめていたのは、わたくしのひがみだったとわかった時、どんなに嬉しかったことでしょう。

あれはあの子の生まれてくる数日前のことでした。三月も十日ほど過ぎ、桜の花が今にも開きそうな頃でした。

都からあのお方のお使いが、なつかしいお手紙やら、数々のお土産《みやげ》の品々をたずさえて、突然、明石へ訪れてくれたのです。

「たしか三月が産み月だったはずだが、どうなっているか」

というお尋ねのお手紙には、帰京以来の公私の御多忙さがこまごまと書かれていて、その間も一日とて忘れたことはなかったと、情をこめて書いてくださってあります。それがたとえいつものお優しさからの、通り一遍の嬉しがらせと思っても、やはりありありがたくて涙がこぼれるのが情けないことでした。

父はもう嬉し泣きに目もつぶれるのではないかと思うばかりで、お使いを連日連夜、歓迎攻めに宴《うたげ》にしばりつけ、一向にお帰ししようとはしません。せめて御子の出産を見届けてくれといわんばかりでした。

幸い、三月十六日の朝方、わたくしは平らかにお産を終えました。女の子だと母の声が伝えた時、はりつめていた気もゆるみ、はじめてわたくしは全身がほとびるような安堵《あんど》感と虚脱感に襲われ、ゆっくり気を失っていったようでした。

都へお使いがたどりついてほどなく、全く思いもかけず、あのお方から姫のためにと乳母《めのと》が送られてきました。

まだわたくしとあまり年もちがわない若さの、上品で快活な女でした。姫のお守り刀や、衣裳《いしよう》の絹地やあれやこれや、よくもまあお気のつくことと思われるほど、ぬかりなく細々《こまごま》と必要な御品を揃《そろ》え、乳母に持たせておよこしくださいました。父やわたくしへのお手紙には、例によって、お優しいこまやかなお心遣いが書かれ、姫君の御運はかねて占いによって思いもかけない貴い御身分におさまるお方だから、心して大切にお育て申すようにと、くどいほど書かれてありました。

父はもう喜びのあまりお手紙を押しいただいて、今死んでも悔いはないというほど感涙にむせんでおります。

将来后《きさき》の御位《みくらい》に立つかもしれぬという娘の運命など、わたくしには信じがたい夢物語としか思われません。それでもあのお方が、わたくしたち母娘《おやこ》のことを決して忘れきってはいらっしゃらなかったというだけで、日の輝きまで昨日とはちがって見えてくるのでした。

乳母は飾り気のない素直な気だての女で、さすがにあのお方のお目にかなった人柄だと、日がたつにつれてわかってきました。

さる宣旨《せんじ》と、宮内卿《くないきよう》の宰相《さいしよう》の間に生まれた素性のたしかな女なのですが、運が悪く、両親ともに死に別れ、頼りない身の上の時、いい加減な男にだまされ子を産んでしまい、男には捨てられたのだそうです。寄る辺もないはかない身の上になっていた時、思いもかけずあのお方からの乳母の話が舞いこんだということでした。

「ずっと以前、わたくしも母の縁で、故桐壺院《きりつぼのいん》のあたりにお仕えしたことがございましたので、始終院へおいでになっていた光君《ひかるのきみ》さまとも顔見知りではあったのです。でもまさか、そんなわたくしのことまで覚えていてくださり、こんな大役をおおせつけくださるなど、思いもかけませんでした。光君さまの御命令にそむける女などこの世に居《お》りましょうか。心細く情けない毎日で、訪《おとな》う人もない時でしたので、このお使いが見えた時は夢のようで、一も二もなくお引き受けしたのです。それでもまた日がたつにつれ、都より外に出たこともないわたくしは、明石など地の涯《はて》のように想像され、知るべひとりもないそんな土地で果たして暮らしてゆけるだろうかと心細く、お断りしたい気になっていました。

するとある日、突然、光君さま御自身がお忍びで、わたくしのあばら家へお訪ねくださったのです。親の家は広いばかりで、もう荒れはてて、他の人からは化け物屋敷と見えましたでしょう。庭師も入りませんので樹木は繁《しげ》る一方で、まるで深い山の中にいるように物淋しいところなのです。

光君さまはつくづくあたりを見廻《みまわ》されて、かわいそうに……さぞ心細かったことだろう、とおっしゃってくださいました。そんなお優しい言葉に飢えきっておりましたので、もうこのお方のためなら、たとえ地の涯、地獄の底へでも行ってもいいと思ったのでございます。

あなたさまは、なんという御幸運な星のもとにお生まれになったお方でしょう。あんな素晴らしいお方の御寵愛《ごちょうあい》をお受けになった上、姫君をお産みあそばしたのですもの。光君さまは姫君を将来、后の位に上られるお方と信じていらっしゃいます。もしそうなれば、あなたさまは国母《こくも》としてあがめられるお身の上になられるかもしれないのですもの、恐ろしいような強い御運でいらっしゃいますのね」

乳母の語り口は、まだ、若い友達どうしのような口調と、主人としてあがめねばならぬという気持とがいりまじっていて、わたくしにはかえって、親しみっぽく、気がおけないのでした。

「それにしても、なんという可愛《かわい》らしく美しい姫君でしょう。こんな赤ん坊の時から品のそなわった美しい姫君を見たこともありませんわ。やっぱり、光君さまのおっしゃるすばらしい御運を持って生まれていらっしゃるのですね」

乳母は豊かな乳房を、姫の小さな口にあてがいながら、惚《ほ》れ惚《ぼ》れしたまなざしで、姫の顔を覗《のぞ》きこみつぶやくのが常でした。

乳母の底意のないおしゃべりから、わたくしは、紫上さまや、問題の尚侍《ないしのかみ》の俤《おもかげ》を想像することができました。

「わたくしがお逢《あ》いした高貴の女人の中では、なんと申しましても今の帝の御母后、藤壺《ふじつぼ》の女院《にょういん》さまが、この世の方とも思われぬお美しさでした。天女とはこういうお姿かと想像せずにはいられないほどのお美しいお方でした。

紫上さまは、女院さまの御姪《おんめい》に当たられるので、どこかおもざしが似ておいでになります。お若いだけにまだ女院さまほどの品位がおそなわりではない分、若々しい魅力と愛嬌《あいきょう》がまさるという感じでしょうか。お小さい時から手許《てもと》で御養育なさったので、光君さまとは、どこか肉親のようなお親しさもお見受けします。鷹揚《おうよう》で明るい御性格のせいか、そこにいらっしゃるだけで、あたりが和《なご》やかで陽気になるような御徳をそなえていらっしゃいます」

乳母は、わたくしにせがまれて話しはじめたものの、調子に乗って言いすぎると、いつでもあわてて、顔を赤くして急に黙ってしまいます。そんな無邪気さが、わたくしは好きで、ほんとによくもこんないい話し相手をあのお方は送ってくださったと感謝するのでした。

姫を産んだ後は軀《からだ》も弱り、このまま果ててしまうのかと枕も上がらなかったわたくしも、乳母が来てくれてからは、次第に元気を取りもどし、いつの日か、あのお方が姫と対面してくださることもあろうかと、それを頼みに生き長らえていく決心を固めました。

五月五日の五十日《いか》の祝い（子供が生まれて五十日目に行う祝い）の日にも、お使いをわざわざ京からおよこしくださり、様々なお心遣いの品々をお届けくださいました。紫上さまのお目をかすめ、こうして指折ってこの日も覚えていてくださり、こんな見事な賜物《たまわりもの》まで運ばせてくださるあのお方の真心を思うと、ありがたさに父ならずとも涙がこぼれます。それでも、

「もう、こんなに離れて暮らすのはとうてい耐えられない。上京を決心してください。大丈夫ですとも。あなたが取越し苦労しているようなことは、一切ないのだから」

など、お手紙にありますと、やはりたまらなく恋しくなつかしく、すぐにもお側《そば》に駆けてゆきたい想いも湧いてまいります。

乳母には、あのお方のお手紙も見せて、一緒に読んでもらいます。手紙の終りには、

「乳母はどうしていますか。少しは馴《な》れましたか」

など、必ずお優しい言葉がかけてありますので、乳母も心から喜んでおりました。

お返事は、いつもの高慢さは捨てて、ただ姫の将来のために、あのお方のお側に届け、姫の身の上が安心できるようしてやりたいと思う気持を素直に述べました。それにしてもわたくしは何かと心労が重なり、日々衰弱してゆき、いつまで生き長らえられる身かと、心細いかぎりなのでした。

それっきり、上京をうながすお手紙も来ないのは、やはり紫上さまをはばかることもあるのでしょう。調子のいいお手紙につい浮ついた気持を持ったのも口惜《くちお》しく、またかたつむりのように、殻の中に心を閉ざしこんで暮らしていました。毎年、住吉《すみよし》明神に参詣する習慣があったのに、去年は妊娠していて、その恒例の参詣をおこたっていたので、今年はそのおわびもかね、姫の将来のこともお願いしたく、住吉詣でを思いたちました。

あのお方が都へお帰りになった秋が、ふたたびめぐってきておりました。

船路で、明石から住吉の沖までまいりますと、海岸に目もまばゆい美々《びび》しい行列が、神社のほうへ進むのが見えてきました。何事かと船を漕《こ》ぎ寄せますと、大勢の人々が神に奉納する宝物を運ぶのが見え、社頭で奉納する楽人たち十人も、揃いの青摺《あおずり》の衣裳を着け、遠目にも選《よ》りすぐった美貌の人たちが見えています。

「いったい、あんな華やかな行列は、どなたの御参詣なのでしょう」

と、わたくしの供の者が尋ねると、

「あれは内大臣光君さまの御願果たしの御参詣ですよ。世間じゅうの噂で、誰知らぬ者はない有様です」

と、見るからに身分の低そうな男が、得意気に鼻うごめかして答えています。

ああ、なんという情けない日に遭ったことか。日もあろうというのに、選りに選ってあのお方と同じ日に参詣して、あの華々しさを他所《よそ》ながらにしか見られないとは。一日中、片時も忘れることもないほど、思いつづけているお方の、天下衆知の御参詣のことさえ知らないのが、わたくしの立場なのかと思うと、ふたりの間に姫まで産みながら、いったい自分はあのお方の何なのだろうと、胸もつぶれるほどに情けなく悲しくなるのでした。

渚《なぎさ》につづく深い松原の緑の間に、花紅葉《はなもみじ》を散らしたように華やかに見えるのは、随身《ずいじん》たちの袍《ほう》の色でした。赤、浅黄《あさぎ》、青など、それぞれの位階を表した袍の色が美しく、明石にお供をしてきていた右近丞《うこんのじょう》や良清《よしきよ》たちが、それぞれ出世して、供などつれて華やかに行列にまじっているのも見わけられます。

あのお方の御車が来た時は、かえって心が臆して、恋しいお姿もとても拝むところではありませんでした。

お供の中に、みずらに結った美しい衣裳の童《わらわ》随身が十人並んでいて、格別可愛らしい中に、あのお方と葵上さまの間に生まれた夕霧《ゆうぎり》の若君がきわだって美しく凛々《りり》しく、馬に乗っていらっしゃるので目立っています。乗馬に付き添う童たちも、皆揃いの衣裳で一際《ひときわ》美々しく目につきます。あのお方の御子だと人に教えられるにつけ、同じ父を持つ御子と生まれながら、明石の姫は親子の名乗りもしていただけず、人の数にも入らぬ育ち方をさせてと思うと、憐《あわ》れさが先だち、姫の行く末をはるかに住吉の神に祈らずにはいられません。

わたくしどもが目と鼻の先にいるのもご存じなく、摂津守《せっつのかみ》の一行がうやうやしくお出迎えしているのを見るにつけ、自分とあのお方との身分の雲泥のへだたりがつくづく思いあわされて、もはや、そこに居たたまれないのでした。

今更、わたくしなど数ならぬ身のつつましい祭や奉納など、あのお方の御立派な奉納の前では、物の数ではなく、神もお喜びにもなるまいと、居たたまれない思いで早々に引きあげたのでした。

それでも、そのまま明石に帰るのも心が落ち着かず、その晩は難波《なにわ》に船を泊めて、お祓《はら》いをしました。

その時、あのお方から思いもかけず、お文が届いたのです。惟光《これみつ》あたりが、わたくしどもの来合わせていたことを見つけ、お話ししたのでしょうか。畳紙《たとうがみ》に、取り急いで書かれたらしいお手紙には、

みをつくし恋ふるしるしにここまでも

めぐり逢ひけるえには深しな

とありました。わたくしも、

数ならでなにはのこともかひなきに

などみをつくし思ひそめけむ

と御返歌しました。こんな目と鼻の所に再会しても、表向きはお目にもかかれぬ身の上のはかなさが悔やまれて、こんな苦しい恋に落ちたことさえ恨めしくなります。

それ以来、明石に帰っても、想像以上のあのお方の御身分の高さや御権勢を、現実に目《ま》の当たりにした衝撃から、なかなか立ち直れないのでした。

あのお方からは、京にお着きになったかならないかの速さで、お便りがあり、わたくしたち母娘を一刻も早く京へ呼び寄せたいと、人並に扱ってくださるのですが、さて、お言葉に甘えて上京して、思わぬ恥を受けたり気苦労があっても辛いだろうと、一向に気が進まないのです。

父の入道もさすがにわたくしたちを手放すのは不安で、すぐにはお言葉に従えない心境でした。

わたくしども父娘《おやこ》のかたくなな心をうとましく思われたのか、その頑固さに業《ごう》を煮やされたのか、それからは強いて上京の話はあちらから出されなくなりました。それでもお便りは前より頻々とあるようになり、姫やわたくしへのお心遣いの品々なども、絶えず京から届くようになっておりました。

乳母などの話によっても、あのお方の愛を受けたばかりに、六条御息所《ろくじょうのみやすどころ》や、花散里《はなちるさと》のような高貴な御身分の方々でさえ、末は愛が薄れ、言う甲斐ない冷たいお仕打ちを受けていらっしゃるとか……そんな身の上には死んでもなりたくない上、そういう華々しい方々の中に、こんな田舎育ちの身分の低い自分が出ていって、口惜しい扱いを受けるのは、とうてい我慢がならないだろうと思いやられるのでした。かといって、日増しに美しく成長する姫を見るにつけ、この子の将来の幸運を、自分ひとりのつまらない自尊心で台なしにしてしまっては申しわけないと、心が臆してくるのです。

そのため、あのお方とはつかず離れずのお便りをかわしながら、またたく間に歳月が流れていきました。

紫上さまとお住まいの二条院《にじょうのいん》の東隣に、故院の御遺産で譲り受けられたお邸《やしき》があり、そこを立派に改築なさって、その邸の西の対《にしのたい》に、花散里の君をお迎えになり、東の対《ひがしのたい》に、わたくしたち母娘を迎えてやろうとのお誘いが、久々に京から届きました。

そこまで想っていてくださったのかと、やはり嬉しいものの、とうてい、そんな晴れがましい場所に乗り込んでゆく勇気も出ないのでした。

そんな時、その昔、母の祖父の中務宮《なかつかさのみや》という人が領していた土地が、嵯峨《さが》の大堰川《おおいがわ》の近辺にあり、邸も荒れ果てたまま、留守の者にしたい放題に住まわせてあるのを思い出し、そこを手入れして、わたくしたち母娘を住まわせようと、父が考えつきました。

早速、その手配をして、どうやら大堰の邸の修理も整いましたので、思いきって、わたくしたちは住みなれた明石を離れ、都へ出発することになりました。

父はもはや世捨人としての生涯を変える意志はなく、わたくしや、目の中にいれても痛くない宝物のような姫との別れを決意した上、母とさえ、きっぱりと別れる決心を変えようとはいたしません。尼になった母も、長年つれそった頑固な父に悩まされたことはあっても、深い夫婦の仲で、今更年をとってこんな生き別れをしようとは思いもよらず、心も千々《ちぢ》に迷うようでした。

頑固一徹な父は、こうと決めたら後へは引かず、ためらう母をなだめたりすかしたりして、わたくしたち母娘を守るのが母の老後の務めのように言いふくめ、母も結局、心細いわたくしや姫の身を案じ、父ひとりを明石に残し、わたくしと姫と三人、ついに明石を旅立ったのでした。

姫ははや数え三つの可愛いさかりで、祖父との別れの意味も知らず、小さな手を振るいじらしさに、父は耐えきれず、声を放って号泣しておりました。

強がっていても一度に三人も身内を失う父のこれからの淋しさを思えば、どんなにわびしい毎日だろうと、心が引き裂かれるように悲しくてなりません。まして母の想いはどんなだったでしょう。そんなわたくしたちを、父は、みれんなと叱りつけ、追い出すように発たせました。

あのお方からは、身に余るほどの供まわりの人々をお寄こしくださり、大堰の邸の修理も、家司《けいし》にお命じになって、何くれとなく気を配っていらっしゃる御様子です。

船旅で京に入り、予定通りつつがなく嵯峨に着きました。京の外れとはいえ、嵯峨はすべて物淋しい所で、大堰川に面した邸の枕元に夜通し川音のひびくのが、明石の浜辺の邸にいるような錯覚を呼びます。

夜はひっそりとして川音のほかは松風の音だけがひびき、なんともいいようのない淋しさです。近くにあのお方が新しい大きな御堂《みどう》をお建てになっているとかで、人の出入りも多くなったと聞いていましたが、大堰の邸へは、そんな騒ぎも何ひとつ伝わらず、無邪気な姫のあどけない笑い声がなければ、淋しさに気も狂いそうな感じでした。

着いたことはご存じなのに、家司や大工や庭師がしきりに訪ねてきても、一向にあのお方はお姿を見せてはくださらないのです。あんなにやいのやいのと、上京をすすめておきながら、早くもこんなむごい扱いを受けるならば、やはり明石で生涯埋もれていたほうがよかったと後悔しない日もありません。

陽気な乳母も、さすがにしょんぼりして、

「いくら紫上さまが嫉妬深いといっても、こんな際に訪ねてもいらっしゃらないとは、いったい、どういうお考えなのでしょう。これでは姫君の御行く末さえ心もとのうございます」

など、泣き言をいいだす始末です。母も口にこそ出さないものの同じ心から、明石へ便りもしかねて、ひたすら、経ばかりあげております。

ようやくあのお方が大堰へ訪ねてくださったのは、わたくしどもが嵯峨について二十日もたってからでした。

恨みもつらみも咽喉元《のどもと》までこみあげておりましたのに、なつかしいあのお方を目の前にした瞬間、すべての苦しいことも悲しいことも忘れはててしまいました。

明石でお逢いした頃とは格段の御恰幅《ごかっぷく》になられ、お召物も、すべて美々しく華やかになっていらっしゃるので、目がまばゆく、正視できないほどの輝かしいお姿でした。

「苦労させてしまって、可哀《かわい》そうに、許しておくれ」

と、いきなりおっしゃって、人目もはばからず抱きよせてくださいますと、わたくしはそのまま、自分が泡雪のようにとけて消えてしまったら、どんなに幸せかと思わずにはいられませんでした。あのなつかしい、夢の中でさえ忘れることのなかったあのお方の匂いが、わたくしを包みこみ、別れていた歳月を一挙に消し去り、たちまち明石の夜に今がつながってゆくのでした。

乳母がつれて出てきた姫君を御覧になった時のあのお方の嬉しそうなお顔を、誰が想像できたでしょうか。このお顔を見ただけで、わたくしはすべての苦しみがつぐなわれたと思いました。

「これがわたしとあなたの姫か。なんという可愛らしい者を産んでくれたことか」

最初は恥ずかしさと怯《おび》えで乳母の胸に頭を埋めこんでいた姫も、生来の人怖《お》じしない性質から、すぐにあのお方になつき、抱きよせられるとおとなしく懐におさまっては、時々、わたくしと乳母のほうに流し目を送って、恥ずかしそうにしています。

「お父さまですよ。たんと甘えておあげなさいまし」

乳母が甲高い声で上ずって申しますと、不思議そうにあのお方を見上げ、つぶらな瞳でまじまじとお顔を見つめ直しています。

「食べてしまいたいほど可愛い」

ときつく抱きしめられると、怯えて泣き出し、その腕から逃げようと身をもがくのが、またいとしいといって、あのお方はお放しにならないのでした。

母も御対面し、嬉しさに泣くばかりでした。

乳母も明石へ下った時とは別人のように美しくなったなど、ほどのいいお世辞でいたわられ、すっかり気をよくしております。

その夜は別れていた歳月の辛さを、一晩で取り除いてあげるのだなど、うわ言のようにおっしゃるのを聞きながら、夢のように過ぎてしまいました。別れていた間に、わたくしが女盛りの軀に成長したとささやかれるのが恥ずかしくて、火のように全身が燃えるのも、消えてしまいたいほどでした。

紫上さまには、ここへ来たとはいわず、新しくお建てになった嵯峨野の御寺への御参詣と、桂《かつら》の別荘の御用事とつくろってお出ましになった様子です。

翌日はたしかに御寺にもお詣《まい》りになり、夕方、月の中を大堰へ帰って来てくださいました。

その夜は、明石で別れの晩に奏した琴を取り出しました。あのお方は、何かと明石のことを思い出していられた時だったと見え、高ぶった様子で、琴をかき鳴らされました。

「ほら、わたしがあの夜いったように、まだ絃《げん》の調子もそのままでしょう。この調子の変わらないうちに、きっと逢おうと誓ったのは嘘《うそ》ではなかったでしょう」

と、しみじみおっしゃるのでした。

姫は一日でもうすっかり馴れて、少し恥ずかしそうにはしながら、昨日よりはたどたどしい言葉でたくさん話しかけたり、笑ったりしてなついているのが、殊の外に可愛いとお思いになるようでした。

抱きあげて、お膝の中に坐《すわ》らせていらっしゃるお姿は、本当に親子らしい図で、その美しい目鼻立ちが、すでにありありと似通っているところなど、さすが血は争われないものと思われます。

その夜も、一睡もしないで、愛しつづけてくださいました。

「いつまでこんなふうに、こうしていられるだろう。もっと近くにいてくれなければ、わたしは焦がれ死んでしまうよ」

そんなことを、気も遠くなったわたくしの耳に吹きこんでくださるのです。

逢えば、そういう甘い言葉を惜しげなく吐かれ、別れると、何年でも捨てておかれるお方なのだからと、心の底に思いながらも、こんな魂をとろかす甘いお言葉に、嘘でもいい、一夜の夢を見られる幸せを感謝しないではいられないのでした。

翌日はもう京へお帰りになる御予定なので、午《ひる》近くまで帳台《ちょうだい》の中にこもりつづけていられました。

ここからまっすぐ、京へお帰りになるはずだったのに、桂から迎えの殿上人《てんじょうびと》たちがたくさんやって来たので、かくれもならず、あのお方は、

「とんだかくれ家をみつけられてしまった」

と鷹揚に人々をお迎えになりました。

そこから桂の院へみんなと行かれ、その夜は大変な音楽のお遊びがあった模様です。

夜になって、急に桂からお使いがあり、

「内裏《だいり》からここへお使者が見えたが、こっちには何も引出物に出すような品物がないので困っている。何かそちらに大仰ではない引出物になる品はないだろうか、あれば貸してほしい」

といってきたのです。

そんなゆっくりお遊びになる時間がおありなら、せめて、もう一晩ここに泊まってくださってもいいのにと思う下から、早くもこんな内輪な打ちとけた頼みごとを命じてくださるのが嬉しく、まるで妻にでもなったような誇らしい気持がし

て、あわてて衣櫃《きぬびつ》二つに恥ずかしくない女衣裳をびっしりつめて、届けたことでした。

どのように役立てていただいたことやら。

その翌日、こんなに長居してはと思われたのでしょう、賑々《にぎにぎ》しく大騒ぎしながらお帰りになる一行の物音が、大堰の邸にも、風の流れで伝わってくるのでした。

それは淋しいことでした。

その後は、紫上さまの御機嫌が悪かったと見え、ぷっつりといらしてくださらず、嵯峨の御参詣にかこつけて、ようやく十五日ごとにしか、訪れてはくださらないのでした。

十五日ごとの、まるで七夕《たなばた》のような想いの逢瀬にかけて、ひっそりと大堰で待ち暮らしている毎日は、やはり、明石では想像することのできなかった淋しい物想いを伴っているのも、わたくしは薄幸な星の生まれなのでしょうか。時には、気も狂いそうになるほど淋しく悩ましい毎日なのでした。

薄氷

うすらひ

藤壺《ふじつぼ》の侍女王命婦《おうみようぶ》のかたる

あけがたの夢に故藤壺《ふじつぼ》の女院《にょういん》さまがお出ましになり、何も仰せにならず、あのしみいるような美しい清らかな笑顔で、わたくしの顔をじっと見つめてくださり、病みさらばえて枯木のようになった手を、そっと探ってくださいました。そのお手のやわらかさ、あたたかさが、あまりになつかしく、わたくしは思わず上体を起こして、両手でしっかりとそのお手にすがりついてしまいました。

その拍子に夢がさめ、わたくしは、ああ、あのままお手にすがってあの世へお供させていただきたかったと悔しくてなりません。まだ業《ごう》の深いわたくしは、浄土へ渡る日をさえぎられているのでしょうか。

ふっと、薬湯の匂いがして、瞼《まぶた》をあけると、弁《べん》の君《きみ》が覗《のぞ》きこんでいました。

「御気分はいかがですか。うなされていらっしゃったのでお起こししてしまいました。悪い夢でも御覧になりましたか」

「女院さまが、夢におでましになって、わたくしの手をとってくださったのです。どうやら、わたくしも近くあの世へ行かれるというおしらせでしょうか」

と、ぼそぼそ言いますと、弁の君はあっさりと、

「まあ羨ましい。わたしなどたった一度でいいから女院さまに夢ででもお逢《あ》いしたいと念じていますのに、そんな幸せは恵まれませんわ」

と言います。

女院さまが突然、桐壺院《きりつぼのいん》の一周忌に続く法華八講《ほっけはっこう》の御結願《ごけちがん》の日に御落飾《ごらくしょく》あそばした時、わたくしも共々出家のお供を許していただきたいとお願いいたしましたが、許されませんでした。

出家はしても、まだ東宮《とうぐう》の御行く末が案じられる時でしたので、在家のままでお仕えして、御所や光君《ひかるのきみ》さまとの連絡をするようにというおさとしでございました。その御本心は、あるいはあの秘密の手引きをしたわたくしたちふたりを、御出家のお供にまで加えることはいっそう罪深いとおぼしめしたのかもしれません。

東宮が御即位あそばされてからは、御匣殿《みくしげどの》の別当《べっとう》が出ていった局《つぼね》をいただいて、参内《さんだい》するようになっていました。帝《みかど》と女院さまの御連絡をいっそう密にする

役目を果たしていたのでございます。

乳人子《めのとご》の弁の君も、女院さまとは同い年で二十九歳という若さでしたので、どうしても女院さまが出家をお許しになりませんでした。弁の君には、身分は低いながら情の深い男もいたことを、女院さまはご存じだったのです。弁の君は女院さまがおかくれになった時、もう誰にも相談せず出家してしまい、それ以来、わたくしと一緒に暮らして、ずっと女院さまの御菩提《ごぼだい》を弔っております。男がその前年、疱瘡《ほうそう》で急死したことも出家の因《もと》のひとつだったようです。

三条の女院さまのお邸《やしき》のうちに御出家に際して建てられた御堂を、御在世の時から御持仏堂として明け暮れお勤行《つとめ》の場となさり、故院の御冥福と、東宮の御安泰を御祈願していらっしゃいました。そこをそのままわたくし共も女院さまのみ魂《たま》の宿る御堂と信じ、御生前と同じようにお勤めさせていただいております。

光君さまがずっとお心をおかけくださいまして、日々の費《つい》えや、御仏前の御料などにはこと欠きませんのもありがたいことでした。

故院と女院さまの御命日には、必ず叡山《えいざん》の高僧がまいってくださるのも、すべて光君さまのおはからいでございます。

あのお二方《ふたかた》の恐ろしい秘密を知っているわたくしと弁の君を、光君さまはこの世で最もなつかしいとしみじみおっしゃってくださった日がございます。もったいなくて、わたくしも弁の君もただもう衣の袖をしとどに濡《ぬ》らして言葉もみつかりませんでした。

「あなたは今年いくつにおなりだえ」

わたくしが訊《き》くと、弁の君は、呆《あき》れたように声をあげて笑い、

「まあ、いやですわ。昨日も、一昨日もそうお訊きになりましたよ。わたくしは四十四、覚えておいてくださいな」

「年をとって、もう忘れっぽくて、だめですね。するとわたくしは……」

「わたくしと女院さまは同い年で、王命婦《おうみょうぶ》さまは一まわり上でいらっしゃいますから、五十六ということですわね」

五十六にしてはわれながら老いさらばえたものよと、情けなく思いながら、それにしても女院さまはなんというお若さでおかくれあそばしたことかと、また涙があふれてくるのでした。弁の君も同じ思いなのか、急にしんみりとした表情になって、わたくしを助け起こし、薬湯の入った湯のみを手渡してくれました。

「このお薬湯は、光君さまからお見舞いに今朝届けていただいたものです。唐《から》わたりの高貴の薬だから、しっかり飲んで、早く元気を出すようにとのお言《こと》づけがありました」

と弁の君が、ちょっと改まった声で告げます。

「もったいない」

わたくしはわななく手を合わせてお薬湯を押しいただき頂戴いたしました。

御堂のほうからえもいえぬ香りがただよってくるのも、光君さまから拝領した名香なのでしょう。

「もうすぐ春ですわね。今朝、池の薄氷《うすらひ》がとけはじめましたよ。それに岸の柳の枝に、青いものがほのかに見えています。御覧になりますか」

弁の君はわたくしの背にものをかけてくれ、障子を少し開けてくれました。

お庭の池の端の柳がほんとうに薄緑にかすんでいます。老いの目には、池の薄氷はただ鏡をのべたようにしろがねに光って見えるだけでした。

あれは、女院さまが突然、御落飾あそばし、その愕《おどろ》きと嘆きのどよめきがまだ世の中に残っているような頃でした。鈍色《にびいろ》に包まれてすっかり様変わった三条のお邸にも、新しい年がめぐって、女院さまを中心に、まだ馴《な》れない青比丘尼《あおびくに》たちが、毎日の勤行《ごんぎょう》に励んでおりました。

御所のあたりからは正月の宴《うたげ》や踏歌《とうか》の華やかな噂《うわさ》が伝わってきますが、御出家なさった女院さまのところにはなんの音沙汰もありません。以前は正月にはこぞって参集していた上達部《かんだちめ》たちも、今は、御門の前を素通りして、向かいの右大臣家へ押し寄せていくのも、当然の世の流れとはいえ、女院さまもお顔にはお出しにならないものの、お淋《さび》しそうな御気配が感じられる毎日でした。

そんなある日、まだ近衛大将《このえのたいしょう》でいられた光君さまが、訪ねてみえられたのです。昔に変わるお邸の御様子を、光君さまはしみじみと物悲しげに眺められて、

「こんな淋しい住み家を見ると涙がこぼれます」

とおっしゃるのでした。あの日もちょうど今日のように薄氷が池に光り、柳がはじめて煙るように新芽をつけたばかりでした。

仏さまに場所をとられ、せまくなったので、以前よりはへだての距離がせまく、御簾《みす》越しの女院さまのお声も、光君さまにそのままほのかに届くのもかえって悲しゅうございました。

突然の御出家の日には、はた目にも動転なさって、もしや人に秘密を気どられはしないかとはらはらしたものですが、その日は、さすがに落ち着かれていらっしゃいました。もう御出家したからには、かえってとかくの噂をたてられる心配もないのが皮肉でございます。

それでも光君さまは、やはり青鈍色だけの色彩の中にいらっしゃると、たまらなく女院さまがおいたわしくなられるのか、わたくしどもにお涙を見られるのを恥ずかしいと思われたのか、早々と引き上げてしまわれました。

「ほんとうにお年を増すごとに、御立派におなりですこと。世の中にもてはやさ

れ、御運に乗って、なんでも思うようにおなりの頃は、あれでは人の世の機微がおわかりになるかしらとお案じしましたが、故院がおかくれになったり、女院さまが御出家あそばしたり、おいたわしいことが続かれたせいか、しみじみした愁いのある御風情や思慮深そうな御様子になられて、いいようもないほどすばらしいですわね。でもおいたわしいこと」

など、年老いた尼たちまで、囁《ささや》きあって、興奮していました。

女院さまはその日は、御気分がすぐれないと、早々とおやすみになられたのは、やはり様々なことを思い出されて、たまらなく悲しくおなりになったのだろうと、ひそかに拝察したものでした。

決して、女院さまが光君さまをお心の底では嫌っていらっしゃらないのを、わたくしと弁の君だけは存じあげておりました。だからこそいっそう故院に対して罪の思いで御身を責めさいなんでいらっしゃったのです。突然の御出家は、故院なき後、とうてい光君さまの一途《いちず》な情熱をこばみ通せない御自分を感じたからこその御出家だったのです。そのことを打ち明けられました時、あまりのことにわたくしがお止め申しますと、

「だって、それ以外に、あの方を逃れる方法が生きていてあるでしょうか」

と、はらはらとお涙をこぼされた時のおいたわしさ辛《つら》さは忘れることができま

せん。

「光君さまも、もう来年は四十の賀ですものね」

弁の君が障子を閉めながらつぶやきました。

わたくしはまた横になって目をつむりました。光君さまが四十……信じられないことです。あのお方だけは永遠に年などおとりにならないお方のように思われていたのに。女院さまが御存命なら、この弁の君のように来年は四十五にもなられるのでしょうか。弁の君はこの頃とみに肥《ふと》ってきて、目など細く目尻は垂れてきています。

あのお美しい女院さまの四十五のお姿など想像もできません。美しいものは早く滅びてこそ幸いなのでしょうか。わたくしにしたところで、つくづく、もうこれ以上の老醜はさらしたくないものです。

女院さまがおかくれあそばした時の光君さまの御悲嘆は御出家の時にも増しておいたわしい限りでした。

あの年は、正月から、ずっと御容態がすぐれずお床につかれる日が続いていて、弥生《やよい》(三月)の花々が咲き匂う頃にどっと御病気が重くなられました。御出家の時はまだ六歳のいとけない御様子だった東宮が、すでに十四歳に御成長あそばし、御即位後は御后《おきさき》も迎えられ、次第に大人らしくなられていらっしゃいました。それだけに女院さまの御病気の重さもおわかりになり、お嘆きの御様子も一通りではございませんでした。

帝がお別れにいらっしゃって内裏《だいり》へお帰りになった後で、女院さまは絶え入らんばかりにお泣きになりました。

「何もご存じなくて……」

と洩《も》らされたお言葉の重さを受けとめ、わたくしはなんとお慰めしていいかわかりませんでした。光君さまが実の御父上など、たとえいまわの際《きわ》にでも打ち明けられることではございません。

光君さまが最後のお別れにいらっしゃった時の悲痛なおふたりの御様子は、今思い出しても目がくらむように思われます。

御重症と聞かれてからは、光君さまは女院さまのためにありとあらゆる御祈禱《ごきとう》もなさっていらっしゃる御様子でした。三十七とはいえ、女院さまはまだまだ若々しくお美しく、御病気のおやつれもさほどには出ないので、かえって弱々しげな御風情が、いっそうおやさしく嫋々《じょうじょう》と拝されるのでした。それにつけても、まだ決して消えきってはいない光君さまの恋の炎は、このような際にも風にあおられたように、ぼうっと燃え上がるようでした。

「この頃ではもう、お蜜柑《みかん》のようなものもお手にふれようともなさいませんので、とうてい御回復の見込みも立ちません」

と、わたくしが本当のことを申しあげると、たえられないようにお泣きになるのでした。

女院さまもこの時ばかりは、日頃の警戒心もとかれたように、か弱いお声で、わたくしに取次ぎをさせず、光君さまにお話しなさいました。

「故院の御遺言をお守りくださって、帝の御後見を立派にしてくださいましたこと、いろいろ心にしみてありがたいことが多うございましたのに、いつかはしみじみお礼を申しあげることもあろうかと、ついうかうか過ごして今になってしまったのが悔やまれてなりません」

とおっしゃるお声もかすかになっていくのに、光君さまはこらえきれず、声をお洩らしになってお泣きなさいました。深い宿世《すくせ》のただならぬ御縁の数々が、光君さまのお胸にも女院さまのお心のうちにも、駆けめぐっていったことと拝察されます。

「頼りないわたくしですが、帝の御後見だけは、何にかえてもいたさねばと心に誓っておりますものの、つい先頃、頼りにしていた太政大臣《だいじようだいじん》も亡くなり、世の無常がしみじみ感じられます。その上、女院さままでこのように悲しいことをおっしゃいますと、もうどうしてよいか……。このわたくしとて、もうこの世にそう長くはいないことでしょうが」

とかきくどかれるうちに、灯火がかき消えるようにふっとはかなくなってしまわれました。

それでもそのいまわの際にも、光君さまがお側《そば》にいらっしゃったということは、せめてもの慰めでございました。

「お息がとまりました」

と、わたくしが申しあげますと、光君さまは夢中で御几帳《みきちよう》をはねのけ中へお入りになり、ひしと女院さまを抱きしめられました。そこには人払いして、わたくしひとりしかいず、弁の君が外の見張りをしておりましたので、光君さまは、心おきなく女院さまの御なきがらに頰をすりよせ、女院さまのお顔にしとどに涙をそそがれたのでございます。

「せめて、御生前に今一度、こうして抱きしめたかったのに……」

とむせび泣きの中からお声が洩れ聞こえました。わたくしも、もう動転しておりましたので、その後、どのようなことがあったのかも覚えておりません。たぶん、おふたりきりにおさせして、部屋の外へ這《は》い出ていたのではなかったでしょうか。

あんな悲しい暗い春は、他に覚えもございません。光君さまも、人に涙を見られるのがおいやさに、ひねもす御念誦堂《おねんずどう》にたてこもり、泣き暮らしていらっしゃったと、後になってそのお口から伺ったことでございます。

女院さまの四十九日も過ぎた頃だったでしょうか。思いもかけず帝がごくお忍びで、ひそかにわたくしの局へお運びになりました。あまりのもったいなさに、途方にくれておりましたら、

「今夜は殊更、秘密でこちらへ来たのだから、なんの気がねもしないように」

と、前置きなさってから、それはもう思いもかけない恐ろしいことをおっしゃったのでございます。

「そちだけは知っていよう。わたしの本当の父上はどなたか。正直に教えてほしい」

わたくしがもう息も絶えんばかりに色を失い、震えているのをじっと御覧になり、

「もういい、言わなくても、命婦の顔がすべてを物語ってくれた。実は中陰《ちゅういん》（四十九日）の明けた夜、夜居《よい》の僧都《そうず》から信じられない、空恐ろしいことを打ち明けられた」

と、仰せになるのでした。

その僧都はもう七十ばかりになっていて、さまざまなむつかしいきびしい修行

もなさった仏道一途の聖僧でした。女院さまが御在世の頃から深く御信頼なさり、帰依《きえ》されて、人には言えない懺悔《ざんげ》もあそばし、罪を許させ給《たま》えとの祈願も頼まれていた御様子でした。わたくしが幾度もお使いにまいったので大方のことは知っています。

最も女院さまがお心を痛められたのは、光君さまが須磨《すま》に流された時のことでした。女院さまは、光君さまがあの秘密のため罰をお受けになったのならば、御身にかえさせてくれるようとのもったいない御祈禱をなさったのでございます。僧都は、恐ろしいことだと、しきりに首を振っておりましたが、女院さまの必死の御祈願の熱意にうたれて、いつも願い通りにしてくれていました。その僧都が、

「ご存じないのも、かえって罪が重いことになるのではないかと思われまして」

と、言いにくそうに、それでもあの秘密を帝に奏上したというのです。

なんということか、これが女院さまの御信頼を一身に受けていられた聖僧のなさることかと、呆れはてました。いくら俗世にうといといっても、口が裂けても言ってはならぬことくらいの判別がつかないものでしょうか。

天変地異がこの頃とみに多いのも、すべてこの秘密ゆえと思われますと奏した、ともおっしゃいます。

帝が天の怒りを何の罪のせいか理解していらっしゃらないのが恐ろしく、決し

て生涯口外すまいと決心していたことを思い直して申しあげますと奏した、とのことなのです。

この秘密は他に誰が知っているのかと御下問になったら、僧都は、

「絶対、拙僧と王命婦以外の人は知りませぬ。それだからこそ、かえって恐ろしいのでございます」

と、うちおののいたと仰せになります。わたくしは呆れはてた勢いで、声を強くして申しあげました。

「あまりにとっぴなお話なので呆れはてて、さきほどは顔色が変わったようでございますが、神仏にかけて申しあげます。そのようなあやしい秘密は絶対にございません。女院さまには、わたくしがあの当時は片時も離れずお仕えしておりましたし、三条のお里へお帰りの時も、わたくしがいちばんお身近に侍《はべ》っておりました。そのようなことの起ころうはずもございません。僧都は尊いお方かもしれませんが、なんと申しても御高齢で、少しぼけていらっしゃるのではないでしょうか」

と、きっぱりと言いきってしまいました。

あれほど秘密の洩れることを恐れ、そのためにこそ出家まであそばした女院さまのお心のうちを思いますと、たとい嘘《うそ》をつき、高僧をののしった罰で地獄へ堕《お》

とされようとも、わたくしは嘘を貫こうと決心いたしました。こういう日のため、女院さまはわたくしに出家をお許しにならなかったのかもしれないと思いました。

それからしばらく後に、今度は光君さまがいらっしゃいました。

「もしかして、帝にあのことを洩らしはしなかったか」

わたくしは絶対そんなことはないと言いきりました。

「でもなぜ、そのようなことをお訊きになりますの」

「いや、女院さまの中陰明け頃から、帝の御様子が妙にそわそわなさって、特にわたしに対して異様な雰囲気なのだ。妙にぎこちなくて、おかしいと思っていたら、突然、もう出家したいから、自分の代わりに即位してくれなど、とんでもないことをおっしゃるのだ」

ああ、やっぱり帝はわたくしの断言など信じてはいらっしゃらず、高僧の言だけを信じていらっしゃるとわかりました。

「この世の中であのことを知っているのは、お二人の他はわたくしと弁の君と夜居をつとめてくださった僧都さまだけでございます。わたくし共は命にかけて他言しないと、お互いに誓いあっています。僧都さまのことはかけちがってお目にかかっておりませんから、わかりません」

と申しあげました。

「それで納得がいった。何しろ人を疑うということをご存じないお方なので、そんなことを聞けば、動転なさって当たり前だ。わたしが臣籍に下っているのがお心にかかってならないらしい。親王になれとまで言われる。困ったものだ。絶対、退位などなさってはいけないと、強く申しあげてはきたが、当分お心が落ち着かないことだろう」

とお案じなさるのでした。

光君さまに、女院さまとの首尾をつけろと、泣いたりおどされたりして、いつでも迫られていた頃の困惑を思い出すと、今はもう、その心配もないことがかえって淋しく、やはり女院さまがどんなまちがいを起こされても生きていらっしゃったらと、しみじみ惜しまれてならないのでした。

女院さまは罪の御子《みこ》さえお産みにならなければ、おそらく自殺なさっていただろうと思われます。

お里から後宮《こうきゆう》へ戻られる時は、いつも、今度こそ桐壺院に懺悔しようと深く思いつめていらっしゃいました。それがそうできなかったのは、一点の疑いもおありにならぬ院のお優しさのせいでした。そのうち、御子がお生まれになってしまうと、どうしても将来、帝位におつけしたいという母性にめざめてこられたようでした。身を犠牲にしても、東宮を守りたいというのが、その後の女院さまの生きる原動力になられたようでした。

院がおかくれになってからの、右大臣家の圧迫のはげしさは、いっそう女院さまを強くしたようです。あの露骨な嫌がらせに耐えることがおできになったのは、ひとえに東宮を守らねばという御意志によりました。

光君さまが須磨から御帰京になり、女院さまのおかくれになる時までが、最もおふたりのお心が寄り添われた時のような気がいたします。

女院さまは外観は光君さまの御生母の更衣《こうい》とそっくりで、可憐《かれん》で嫋々としていらっしゃいましたが、芯はなかなかお強い、しっかりしたお方でした。

六条御息所《ろくじょうのみやすどころ》が斎宮《さいぐう》の姫宮と共に伊勢《いせ》からおもどりになって間もなく、お亡くなりになられた時、くれぐれも姫宮のことを光君さまに託されたそうでございます。

斎宮の宮さまは母上に似て、それは美しい可愛《かわい》らしいお方でいらっしゃいましたので、想《おも》いをかける方も多かったようでございます。もしかしたら光君さまもただならぬ想いをかけていらっしゃったのかもしれません。手に入り難い方ほど御執心なさる困った癖がおありでしたから……。なんでも御息所は斎宮の姫宮を光君さまに託される時、決してあなたの寵《おも》い者《もの》のひとりにだけはしないでくれと、ずいぶんきついことをおっしゃったと洩れ聞いております。

朱雀院《すざくいん》がかねて想いをかけておいでになり御所望なさったのを御息所がお断りになったというのも、世上に洩れておりました。

ある日、女院さまの所にいらっしゃった光君さまが珍しく思いあまった面持ちで御相談なさいました。

「六条御息所はとても立派な操《みさお》の固い方でしたのに、わたしの若さにまかせた情熱から、よくない浮名を流してしまい、その後は薄情な誠意のない男と思いこまれて、その誤解をほぐす間もなくそのまま逝《い》かれてしまいました。お気の毒で心残りでなりません。その姫宮に朱雀院がずっと御執心なのですが、御息所は院の御病気がちなのを恐れていやがっておられました。恨みながらもわたしに、姫宮の将来を頼まねばならなかった心中はお察しできます。

それにしても帝は、お年の割にはまだ子供っぽい所がおありですから、少し前《さきの》斎宮の姫宮のように年上の女御《にょうご》がおつき申すのがいいのではないかと思われます。太政大臣のお孫で権中納言《ごんちゅうなごん》の姫君がすでに弘徽殿《こきでんのにょうご》女御として上がり、一つ上のこの女御は帝とはしっくり気心が合ったいいお遊び相手ですが、やはりしっかりしたお話し相手になる方も必要ではないかと思われます」

と申しあげた時、女院さまが即座にきっぱりとしたお返事をなさいました。

「それはいいお考えですね。朱雀院にはお気の毒ですが、御息所の御遺志をたてにとって、院のお気持は知らなかったことにして、早くに御入内《ごじゅだい》させてしまいましょう。院も今はあまり好色めいたことは興味を示さず、勤行がちだというではありませんか。たぶんそうお気になさりもしないと思いますよ」

と、断定して、その場で前斎宮入内の話を取り決めておしまいになったのでした。その判断の素早さ的確さに、さすがの光君さまも、しばらく呆然《ぼうぜん》となさっていらっしゃいました。

弘徽殿大后が権力を振るった後宮で、故院の御寵愛《ごちょうあい》を一身に集めていらっしゃった歳月が、天性の御聡明《ごそうめい》さをいっそう磨きあげられていたのでしょうか。そんな打ちとけた御相談をなさるおふたりの御様子は、実になごやかで親しみ深く、申しあげるのも恐れ多いことながら、この世でまたとないほどお似合いでいらっしゃいました。御宿世がこのようでなければ、相思相愛の御夫婦として並びたち、共にお暮らしあそばすこともできて、どのようにおふたりともお幸せになられたことかと、わたくしまでため息が洩れてしまいました。

光君さまの色好みがとかく噂されて、珠《たま》に瑕《きず》のように世間の批難を受けますけれど、もし人生のはじめに、初恋のひとと心から憧れた女院さまと結ばれておいでであったら、ああも目に余るほどの情事に浸られたことでしょうか。わたくしの目には、どの女君《おんなぎみ》さまも、すべては女院さまの身代わりのように思われてお気の毒でなりません。女院さまもそれをわかっていらっしゃるからこそ、光君さまのその方面のことは見て見ぬふりで、あまりおとがめの御様子もなかったのではないでしょうか。

それでも女院さまのお心の中に全く嫉妬がなかったとは思えません。人間なら、女なら、どのようなお方でも、愛する殿方を独りじめにしたいと望まない人がおりましょうか。

御身分がら、そんなことはみじんも気ぶりにも出されないだけ、想いは深くくすぶっていられたとしても当然でございましょう。

女院さまがお亡くなりになった年の冬のはじめでございました。

ある朝、突然、光君さまがお忍びでこちらの御堂へお越しになりました。月御命日の日でもないのにと、いぶかってお出迎えいたしましたら、真《ま》っ直《す》ぐ御堂にお入りになり、長い間お経をあげ御祈念していらっしゃいます。

ようやく御堂からお出ましになり、わたくしのところへいらっしゃって、人払いをせよと目顔でおっしゃいました。

人々が下がっていき、わたくしひとりになった時、光君さまが声をひそめておっしゃったのです。

「命婦、あのお方が今朝、夢枕に立たれたのだよ」

「まあ羨ましい。わたくしも弁の君も、一度でいいから、夢でも女院さまにお逢いしたいと願っておりますのに、まだ一度もそんなことはかなえられません」

と申しあげると、光君さまは沈痛なお顔で、夢でお叱りを受けてしまったと、深いため息をおつきになるのでした。

前夜は降りつもった雪が輝き、美しい夜でした。光君さまの二条院《にじようのいん》でもお庭に雪が真っ白に降りつもり、その上にまだちらちらと風花が舞っている静かな夕暮れを迎えられました。

「四季の中でも、花や紅葉を人はめでほめるが、わたしは雪の夜、冴《さ》えた月が空に輝いているのが身にしみて、何かこの世の外の浄土まで思われて趣深くいいものだと思いますよ」

など紫上《むらさきのうえ》にお話しになり、御殿の御簾をあげさせてお庭の雪景色を眺めておいでだったそうでございます。そのうち誰がはじめたのか女童《めのわらわ》たちが庭へ出て、それぞれに、雪ころがしをはじめました。色とりどりの衵《あこめ》を着た可愛い人たちが着物をしどけなく着て、夢中になって雪をころがし、大きくなりすぎて動かせなくなり立ち往生しているのも可愛らしく、そこに月光が降りそそぎ、女童たちの長い髪や肩先でそろえた髪が雪と月に映えて光るようなのも、それは美しい眺めだったそうでございます。

光君さまはその情景からひとつの場面を思い出されて、側の紫上に話しかけられました。

「あれはいつの年だったたか、故女院さまが藤壺中宮《ちゆうぐう》でいられた頃、お庭の御前に雪の山が作られていました。いつでも雪の日にはどこでもする遊びだけれど、中宮のお庭のは、ひとところ何か工夫されていて、なんとなく趣があり風情のあるものなのでした。何かにつけ思い出すたびに、ほんとにお亡くなりになったことが残念でたまりません。

いつもたいそう隔てを置いていられたので、あまり親しくしみじみと拝したわけではないけれど、御所でお暮らしの時は、わたしを頼りにしてくださっていられました。わたしのほうも女院さまをお頼りし、何かと御相談申しあげたものです。とりたてて聡明らしい御様子などお見せにならないのに、いつでも相談甲斐《がい》のあることをさらりとしてくださいました。この世にあれほどのすばらしい女人はまたといらっしゃらないと思います。

うわべはいかにもの柔らかで女らしく、しっかりした御様子などお見せにならない内に、深い教養《けう》がほの見えるのが、とうてい誰も比べられるものではありません。ほんとうに稀有な理想の女性のお手本のような方でしたよ。あなたは、同じお血筋なのでよく似ているけれど、女院さまにくらべたら、少々気難しくて、嫉妬深いのが困りものですね」

と、女院さまのお人柄のすばらしさをしみじみお話しになり、ついでに、その頃、世間の噂になっていた朝顔《あさがお》の斎院《さいいん》や朧月夜尚侍《おぼろづきよのないしのかみ》のこと、嵯峨《さが》にお呼びよせになっている明石《あかし》の君《きみ》のこと、ずっと続いていらっしゃる花散里《はなちるさと》の君《きみ》のことなど、ひとりひとりの御性格をあげて、打ちとけてお噂していられたそうです。興味のある恋仇《こいがたき》のお噂を、紫上は熱心に聞いていられたそうです。

その間にも月はますます冴えかえり、雪は月にそめられて白銀に光り輝いていました。庭を眺めて首をかしげていらっしゃる紫上がほんとに可憐でお美しく、女院さまにずいぶんとよく似ておいでなのを改めて発見して、光君さまは亡き女院さまを恋しく思う心が、そのまま紫上への愛情をかきたてるように思われたそうでございます。

仲よくそれから御帳台《みちようだい》に入り大殿籠《おおとのごも》られた時、女院さまのお姿が、ぼうっと目の前にあらわれ、いかにも恨めしそうに沈みこんだ御様子で、

「あれほどわたくしのことは人には洩らさないとおっしゃってくださいましたのに、あなたとの情けない浮名はもうかくれもないほど天下にひろまっています。今は恥ずかしく身のおきどころもなく、冥界でも苦しい目にあわされていてお恨みに存じます」

とおっしゃったというのです。あのつつましい女院さまのお心の鬼が、こちらでしのばれた分だけあの世でも嫉妬に苦しめられていらっしゃるのかと思うと、わたくしもおいたわしくて、光君さまと御一緒に泣いてしまいました。

それももう何年前のことになりますやら……今では光君さまは准太上天皇《じゅんだいじょうてんのう》という最高の御位《みくらい》に上られ、明石の姫君は東宮妃として御入内あそばし、もはや、ひそかにお渡りになることなどおできになれない貴いお身の上となっていらっしゃいます。


ああ、うつらうつらと思い出にふけっている間に、いつのまにか外は黄昏《たそが》れているようでございます。

どこかの寺の鐘の音が枕辺《まくらべ》に伝わってきます。それともあれは空耳なのでしょうか。

いずれ近いうちにわたくしも、なつかしい女院さまの御許《みもと》にまいれることでございましょう。

いいえ、もしかしたら、もうわたくしはすでに冥界とやらの彼岸に渡ってきているのでしょうか。あたりのこのほの暗さは……。

初瀬

★

はつせ

夕顔《ゆうがお》の侍女右近《うこん》のかたる

お仕えしていた夕顔《ゆうがお》さまが、某《なにがし》の院へ、光君《ひかるのきみ》さまに連れだされたあの夜、あのような恐ろしい目におあいになって、はかなくお亡くなりになったことは、幾年たっても忘れられるものではございません。あの晩、共にその場に居合わせ、魂の消えるような想《おも》いをして、信じられない人の命のはかなさを目の当《ま》たりにして以来、いくらなんでも薄幸すぎた夕顔さまのお身の上がお可哀《かわい》そうでなりませんん。

あれ以来、わたくしのような数ならぬ身まで、夕顔さまの御縁につながって、光君さまはお見捨てにもならず、ずっとあのお方の形見だとおっしゃって、お側《そば》近くに召し使っていただいております。光君さまとわたくしと、惟光《これみつ》しか知らないあの夜の秘密を分かちあう気持からか、光君さまはもったいないほど、右近、右近と言って、わたくしにお目をかけてくださるのでした。

須磨《すま》にお移りになった時には、他の女房たちと一緒に、紫上《むらさきのうえ》さまのところに預けられ、それ以来、紫上さまにお仕えし馴《な》れてしまいました。紫上さまも、

「右近はおとなしくて人がいい」

とおっしゃってくださり、もったいないほどお目をかけてくださいます。それをありがたく思うにつけ、心の内には亡き夕顔さまが御存命ならば、明石《あかし》のお方ぐらいの御寵愛《ごちょうあい》はいただけただろうにと残念でなりません。光君さまは、それほど深いお気持のないお方さえ、こちらから見捨てるということのおできにならない方で、どなたも末長く面倒をみておられるようです。まして夕顔さまなら、あれほど若き日の光君さまが打ちこんで愛しておいでになったのですから、御身分の高い紫上さま同様にはとても及ばないまでも、明石のお方くらいのお扱いは受けたであろうと思います。

光君さまは、六条京極《きょうごく》にあった六条御息所《ろくじょうのみやすどころ》のお邸跡《やしき》をひろげて、四町を一つにしてそれは御立派な六条院《ろくじょうのいん》を御完成になりました。光君さま三十五歳の八月のことでございました。そして、その院の内に、御所縁《ゆかり》の女君《おんなぎみ》たちをみんなお集めになってお住まわせになりました。

六条院の中を四つに区画され、西南の町は、もともと六条御息所の御息女で只《ただ》

今《いま》は中宮《ちゅうぐう》で時めいていらっしゃるお方の里邸だったのですから、そのままお住まいになられました。東南の町は、光君さまと紫上さまのお住居とされ、東北は、地味なお方ながらずっと、光君さまの御寵愛をつないでいらっしゃる花散里《はなちるさと》のお方に、そして西北の町には、明石のお方をお迎えになったのです。東南を春、西南は秋、東北は夏、西北は冬になぞらえて、木立や石のたたずまいもそれぞれの季節にふさわしく設計され、その御立派さは筆にも言葉にもできないものでした。前からあった池や築山《つきやま》も新しい設計のためには惜しげもなく埋め、崩し、それぞれのお方さまの御希望通りの庭に造りかえられました。

東南の町は、紫上さまが春をお好みなので、築山を高くして、春の花木をたくさん植え、池も趣深く、前栽《せんざい》には、五葉、紅梅、桜、藤、山吹、岩つつじなど春らしい草木をとりどりに植えた中に、秋の草花も少しまぜて植えてあります。紫上さまのお好みの花々が集められていかにも華やかな感じでした。

中宮さまの御町は、秋のお好きな御主人にあわせて、紅葉する樹々《きぎ》が選ばれ、遣水《やりみず》のせせらぎの音をきわだたせるように、大きな岩を据えて滝をつくってあるそうです。秋草の咲き乱れた様子は嵯峨《さが》の秋草の原も顔色なしというほどの風情だそうです。

花散里のお方のいらっしゃる東北の町は、涼しそうな泉がつくられ、呉竹《くれたけ》など植えられ、丈高い樹々が夏の陽《ひ》ざしの木陰を涼しく作るように植えられ、垣根は卯《う》の花にして、花橘《はなたちばな》、撫子《なでしこ》、薔薇《ばら》、岩藤などのさまざまの夏の花が植えられ、春、秋の花はその中にほんの少しまぜてあるそうです。この町の東側は、馬場の殿舎がつくられ柵が囲み、池の岸辺には菖蒲《しょうぶ》を植え、岸の向こうに厩《うまや》を建てて、すばらしい上馬を飼っていらっしゃるとか。ここは五月の節会《せちえ》の遊び場になるところです。花散里のお方は夕霧《ゆうぎり》さまの母代わりをしていらっしゃるので、夕霧さまのための馬場なのでしょう。

西北の町は北側を築地塀《ついじべい》で仕切り、倉が並んでいます。そのへだての垣に松の木を植えて、冬、雪が松につもる風情を楽しまれるのだそうです。菊の籬《まがき》や柞《ははそ》の木など冬らしい花や木を植えられたのは、冬の御殿としての情趣をいやが上にも高めたものでしょう。わたくしども女房はお仕えしている御殿しか存じませんが、他の町の情報は女房たちの口から互いに次々入ってきます。どこがすばらしいといったところで、六条院の造り主光君さまが常にお住まいの春の御殿が一番すてきだとわたくしは信じております。それぞれの御殿に女房たちの住む曹司町《ぞうしまち》も造られていますが、局《つぼね》の割当てなども細かく気を配られ、申し分なくできております。

秋の彼岸頃、紫上さまと花散里のお方の御一行がそれぞれ美々《びび》しい行列をつくって移られました。中宮さまはわざと混雑を避けられ、少しずらしてお渡りになりました。

四つの町のしきりの塀には通路を開け、渡り廊下でつないだ所もあり、往来ができやすくしてあります。それは専ら光君さまが用いられ、女君たちがお互いを訪ねあうなどということはほとんどありません。それでもお使いが風雅なお便りを運ぶのには便利です。

中宮さまは、数日遅れて御所から御退出になられました。その行列の美々しさは、また格別でございます。

わたくしはいうまでもなく紫上さまの女房として東南の御殿に住まわせていただいております。

中宮さまから、可愛《かわい》らしい上品な女童《めのわらわ》をお使いにして、美しい硯《すずり》箱の蓋に色とりどりの紅葉《もみじ》をとりまぜて贈り物にしてこられました。

女童といっても大柄で、こういう使者に選ばれるだけあって目のさめるような美しい少女です。その子が濃い紫の袙《あこめ》の上に紫苑色《しおんいろ》の織物の上衣《うわぎ》を着て、さらにその上に赤みのある黄色の羅《ら》の汗衫《かざみ》を重ねて、しずしずと、廊や反橋《そりばし》を渡ってくる様子は、絵に描いたようでした。

お手紙には、

「こころから春まつ苑《その》はわがやどの
　紅葉を風のつてにだに見よ」
と、ありました。紫上さまが春を好まれ、中宮さまは秋が好きとおっしゃったことから、まだ遠い春を御自分から選ばれたお方に秋の紅葉の美しさをお届けいたしましょうというお遊びです。

紫上さまはとっさに御思案なさって、その蓋に苔《こけ》をしきつめ、造り物の精巧な岩と、そこに生えた五葉の松をのせ、その枝に、
「風に散る紅葉はかろし春のいろを
　岩ねの松にかけてこそ見め」
と、応じられたのは、なんとも気が利いてしゃれたお手際でした。

そのやりとりを光君さまが興がって、
「まあ、まあ、今のところは負けておいて、春になったら、このお返しをしてやりなさい」
などおっしゃるのが和やかで優雅で、それぞれのお方の美しさを拝見しているだけでも命が延びるような気が致します。ほんとうに極楽浄土とやらがあるとすれば、この六条院のようなものではないでしょうか。

明石のお方も、十月にはお渡りになったようです。その行列の美々しさは、他

の方々に決して引けを取らないほどお見事だったとか。光君さまが姫君の御生母として立てていらっしゃるからでしょう。

そういう皆々さまの結構な御様子を拝するにつけても、もし夕顔さまがいらっしゃるならば、殿は四季のどこにおふりあてなさっただろうなど、埒《らち》もないことも思わずにはいられないのでした。

あの時、西の京《にしのきょう》に残してあった幼い姫君さえ、行方《ゆくえ》知れずになったままです。ひたすらあのお方の変死を世に知られまいと秘密にして、今更言っても詮ない事件のために、自分の名を決して洩《も》らすなと、光君さまからたいそう固い口止めをされたのでした。それに遠慮して、あの頃は便りもできず疎遠になり、姫君の乳母《めのと》の夫が大宰少弐《だざいのしょうに》になって九州へ赴任したのにつれ、姫君もどうやら乳母もろとも九州へ連れていかれてしまったようです。

あれは姫君が四つにおなりの年でした。

いったい姫君は、どこにどうしてお暮らしだろうと思うにつけ、今頃は亡き母上にさぞかしよく似た美しい姫君にお育ちの頃かと、指折ってみたりするのも、わたくしひとりの心のうちだけの想いでした。

何不自由ない暮らしをさせていただいていても、あまりといえば目ざましく光君さまが年毎《としごと》に御出世あそばし、それにふさわしく華やかな紫上さまに御奉公するわが身が、そぐわないような気がして物思いが絶えないので、初瀬《はつせ》の観音さまへ度々お詣《まい》りするのがなぐさめになっていました。それというのも霊験あらたかという観音さまに、行方も知れぬ姫君のお幸せを祈願し、なろうことなら一目お逢《あ》わせくださいと願掛けしているのでございました。

その時も初瀬詣でに出かけ、椿市《つばいち》でいつも宿る家へたどり着きますと、すでに先客がいつもの部屋を占領してしまっていたのでした。

宿の主人はわたくしどもと顔なじみだし、まして太政大臣《だいじょうだいじん》の光君さまのお邸の女房と、こちらの身分を知っていますので、今にも先客を追いたてそうに腹をたてています。

「誰がいったいこんなことをしたのだ。勝手に上げてしまって」

など口汚くののしり騒ぐので、先客に気の毒で、相部屋でいいからと、宿の主人をたしなめて、その部屋のすみにわたくしたち一行も泊めてもらいました。

お互い遠慮して、しばらくひっそり息をつめるようにしていました。誰か貴い人でもいらっしゃるのか、ものものしく、部屋の片すみに絵を描きつけた幕を張りめぐらし間仕切りをして、その中に主人らしい人がいるようです。男の声がして、

「これを姫君にさしあげてください。こんなところでお膳など調わなくて、粗末

な形で、まことに申し訳ありません」

と言うのが聞こえました。その様子から、囲いの中のお方は、たいそう身分の高いお方かもしれないと思って、そっと覗《のぞ》いてみると、男の顔に、どこやら見覚えのあるような気がします。誰とはしかと思い出せません。男が、

「三条《さんじょう》、お召しですよ」

と、呼び寄せる女を見ると、この女もどうやら見覚えがあるような気がします。ああ、この女は、あの夕顔さまに、下女《しもおんな》だけれど長くお仕えして、あの五条の隠れ家にもお供していた者だったと気づいたものの、なんだか夢のような気分です。

女主人らしい人を確かめたくてたまらないけれど、なかなか厳重に囲っていて、うっかり覗き見などはできそうもないのです。

仕方なく、ともかくあの女に尋ねてみよう、そういえば乳母の息子の兵藤太《ひょうとうだ》が、たしかこの男にちがいあるまいと思うと、どきどきして、もしかして幕の内には姫君がいらっしゃるのではと、気もそぞろになりました。中仕切りのところにいる三条を呼ばせましたが、食事に夢中になっていて、すぐにもやって来ません。ぐずぐずしているのが憎らしいと思うのも、こっちの勝手でせっかちなことです。ようやくやってきて、

「どなたでしょうか。わたしは筑紫国《つくしのくに》に二十年ばかりも暮らしていた賤《いや》しい者です。そんなわたしをご存じだという京のお方とは……。人ちがいではないでしょうか」

と言います。田舎じみた薄紅の練絹《ねりぎぬ》に上衣など重ねて、見ちがえるほどひどく太っています。自分の年もそぞろに思い知られて恥ずかしいけれど、思いきってわたくしは、

「よく覗いてごらん。わたくしに見覚えがありませんか」

と、顔を差し出しました。三条ははたと手を打って、

「まあ、あなたでしたか、まあ嬉《うれ》しい。ああ嬉しい。どちらからいらっしゃいましたか。お方さまは御一緒ですか」

と言いながら、大仰に泣きだしました。若かった三条を見なれていた昔を思い出すと、今まで過ぎてきた来し方が思われて、胸がいっぱいになります。

「何はともあれ、乳母さまはいらっしゃいますか、姫君はどうなさいましたか。それに、あてきといった女童《めのわらわ》は」

と、わたくしはたたみかけ、夕顔さまのことは言いだしません。

「ええ、ええ、みんなおいでになりますよ。姫君もすっかり御成人あそばしました。とにかく乳母さまに、このことを申しましょう」

と言って、三条は内へ入りました。乳母たちもすっかり驚いて、

「夢のような気がします。ほんとにひどい、なんという人かと怨《うら》んでいた人にここで出逢うなんて」

と言いながら、幕の所によってきました。よそよそしく取り回していた屏風《びょうぶ》なども、すっかり取り外し、まず言葉もなく互いに泣きあうばかりでした。

年老いた乳母は、

「お方さまは、いったいどうなさったのですか。これまで長年、夢にでも、いらっしゃるところを見たいものと、大願をたてて祈りつづけていたけれど、遠い筑紫の田舎の果てにいて、風の便りにもお方さまのお噂《うわさ》を耳にすることができませんのを、どんなに悲しく思ったことでしょう。年老いて生き残って老残をさらすのも、とても情けないことですが、母君が打ち捨ててしまわれた姫君が、いじらしくお可哀そうなのが、あの世へ行くほだしになって、死にもできないで、こうして生きているのです」

と、涙ながらに言いつづけます。

昔、あの折の夕顔さまの急死にあい、どうしてよいか途方にくれた時よりも、今のほうが返事のしようもなく辛《つら》いとは思うものの、

「さあ、今となってお話ししても詮ないことですが、お方さまはとうにお亡くな

りになりました」

と言うなり、三人ともわっと泣き伏して、どうしようもないほど涙を抑えかねました。

日が暮れてしまうといって、彼等の従者たちが急ぎだして、お灯明《とうみょう》の用意など支度し終えてせかすので、落ち着かない想いで、立ち別れることになりました。

わたくしは、

「御一緒にまいりましょう」

と言ったけれど、互いの供の者が怪しむだろうと思って、乳母は、今は豊後介《ぶんごのすけ》になっている兵藤太にも事情を話さず、別々に出発しました。わたくしがそれとなく注意して見ると、一行の中に、際だって美しい後ろ姿が、たいそう旅やつれして、四月の単衣《ひとえ》のような上衣をかぶっている髪の透《す》き影《かげ》が、もったいないほどあでやかに見える人がいます。あの方が姫君かと、おいたわしく悲しく、見守っておりました。

少しは足馴れているわたくしは、姫君の一行より一足先に御堂に着きました。

姫君の一行は、姫君の歩き悩んでいられるのを介抱しながら、初夜《そや》の勤行《ごんぎょう》(午後六時頃から八時頃までのお勤め)の頃、やっと上ってきました。

初瀬の観音さまの御堂は、参籠の人たちが混みあって、大勢ががやがや騒いでいます。

わたくしのお籠もりの場所は、御本尊の観音さまの右手に近いところでした。姫君の一行のほうは、御祈禱《ごきとう》の僧侶となじみの浅いせいか、西の間で遠くへだっていたので、わたくしが、

「どうぞこちらへおいでなさいまし」

と、探しあてて言ってやると、男たちはそこに残し、姫君や女たちだけわたくしの局に引きうつりました。

「わたくしは、こんなしがない身の上ですが、今は、太政大臣さまの光君さまにお仕えしていますので、こんな忍びの道中でも、不都合な目にあうこともなくてありがたいのです。都会なれない人を見ると、初瀬のような所では、たちのよくない者たちが、あなどったりするので、姫君にはもったいないことでございます」

と言って、もっといろいろ話がしたいけれど、あたりのものものしい勤行の声にかき消され、その騒ぎにまきこまれて、ともかくみ仏をお拝み申しあげます。わたくしは心のうちで、

「この姫君をどうにかしてお探し申したいと、ずっと祈りつづけてきましたが、おかげさまでやっとのことで、こうしてお会わせいただいたからには、今は念願

どおり、やはり姫君のことを並々でなく御案じになっていられた光君さまに、お知らせいたしましょう。この上はどうか姫君に幸運をお授けくださいまし」

と、観音さまにお祈りいたしました。

そこには国々から田舎の人々がたくさん参籠しておりました。大和《やまと》の国守の北の方もお詣りにみえています。その一行がものものしい威勢なのを羨んで、三条が言うには、

「観音さまにはほかのことなどお願いはいたしません。わたしの大切なお姫さまを、大弐《だいに》の北の方でなければ、この大和国の受領《ずりょう》の北の方にしてあげてくださいまし。そうなれば、この三条らも、けっこう出世してお礼詣りをいたします」

と、額に手を当てて一心に祈っています。わたくしは縁起でもないと舌打ちして、

「まあ、ひどく田舎じみてしまったものですね。姫君の御父君の頭中《とうのちゅう》将《じょう》さまは、あの頃の御威勢だって、どんなに御立派だったことでしょう。まして今は、天下をお心のままになさっていらっしゃる内大臣になられているのですよ。そんな立派な方の御一族なのに、この姫君が受領の妻になどなってたまるものですか」

と、文句を言いますと、

「ああ、うるさい、お黙りなさい。大臣だってなんだって捨てておきましょう。

大弐のお館《やかた》の北の方が、大宰府《だざいふ》の観世音寺《かんぜおんじ》にお詣りなさった時の勢いといったら、それは華々しくて、帝《みかど》さまの行幸《みゆき》にもひけをとるどころではありませんでしたよ。あなたなんか、何も知らないくせに、まあ、よくおっしゃること」

と言って、いっそう手を額におしあてて拝みいっています。

筑紫の一行は、三日参籠する予定でした。わたくしはそれほどのつもりではなかったのですが、せっかくの機会なので、ゆっくりお話しもしようと思って、参籠を延ばしました。いつも世話になる僧に、

「かねてお祈りいただいている姫君が、このたび探し出せましたので、お礼詣りも果たすつもりでございます」

と言うのを聞いた乳母たちも、感慨無量のような表情をしています。

翌日は、わたくしの知りあいの大徳《だいとこ》の坊へ一緒に下りました。ここならゆっくり物語ができるからです。姫君がたいそうやつれて、恥ずかしそうにしていらっしゃる御様子が、まことに美しく見えます。

「わたくしは思いもかけない高貴なお方にお仕えしたおかげで、しぜん、いろいろなお方を見てまいりました。中でもまず、光君さまの北の方、紫上さまの御器量に並ぶ方はあるまいと、ここ長年お見上げしてまいりました。また、そこでお育ちになっていらっしゃる、明石のお方がお産みになった姫君の御様子も、当然

ですが、この上なく可愛らしく拝されます。あちらは大切になさっていらっしゃるのは並一通りではありませんのに、一向につくろっていらっしゃらないこちらの姫君が、紫上さまや明石の姫君にも劣らないように美しくお見えになるのは、びっくりいたします。

光君さまは、父帝の御在世の頃から、大勢の女御《にようご》、妃《きさき》をはじめ、それより下の女君まで、残りなく御覧になっていらっしゃいますが、その中でも、今の帝の御母后藤壺《ふじつぼ》の宮と、御自分の御息女明石の姫君の御器量を、美人とはこういう人をいうのだろうかと思うと、つねづねお話しなさいます。でも、比べてみますと、藤壺の宮さまは、わたくしなどお目にもかかったことがありませんし、明石の姫君はなんといってもまだほんのお小さい方で、生《お》い先がどんなにお美しいかと推察できるだけです。

そこへいくと、北の方、紫上さまの御器量は、誰も及びもつかないだろうと思われます。光君さまももちろん、このお方が一番すぐれているとお思いなのですけれど、言葉に出しては、わざと美人の数にお入れにならないのです。わたしと夫婦でいらっしゃるなど、だいそれた人ですよなど、冗談をおっしゃったりしていらっしゃいます。お二方《ふたかた》の並んでいらっしゃるのを拝見するにつけても、命が延びるように思われるほどのお美しさで、ほかにこんな御夫婦などまたとあろうかと思われます。

でも、こちらの姫君はその紫上さまとお比べしても、どこが劣っていらっしゃるものですか。物には限度というものがありますから、どんなにお美しいといっても、仏さまのようにお頭《つむ》から光がさすような方はいらっしゃらないでしょう。ただ紫上さまやこの姫君のようなお方こそ、ほんとうの美人だと申しあげるのでしょう」

と、心から感嘆して見上げていると、老いた乳母も嬉しそうに、

「ほんとに、こんなお美しい姫君を、すんでのことに、辺鄙《へんぴ》な田舎であたら一生埋もらせるところでした。それが惜しく、おいたわしくて、思いきってわたしどもの生活の根も捨てて、頼りになる子供たちとも別れて、今では、まったく知らない世界のような気のする京に帰ってきました。ほんとに右近さん、一日も早く、なんとか姫君のため、運の開けるようお世話してください。

高貴のお邸にお勤めのあなたなら、しぜん、あれこれとかかわりのあるつてもおありでしょう。御父上の内大臣さまのお耳に入り、姫君も御子《みこ》さまの一人としてお扱われになるよう、どうかはからってくださいな」

と言います。それから、いろいろ聞けば聞くほど、姫君のこれまでのお暮らしは物語のようにお気の毒なのでした。乳母は何度も涙にむせながら長い話をつづ

けました。

「あれは姫君が四つの時でした。あなたたちが行方不明になられた後、わたしは夫の赴任先の筑紫へ下らなければならなくなりました。せめて、姫君を父君の頭中将のお手許《てもと》にお渡ししたいと思ったものの、そのつてもないので、おいたわしいけれど仕方なく筑紫にお連れいたしました。幼い姫君は、船出してしまうと、時々、

『お母さまのところにいくの』

と、あどけなくおっしゃるそのいじらしさ。わたくしも娘たちも顔を見合わせ、ことばもありません。

何かにつけ夕顔のお方を思い出しては泣きながら、筑紫の任地についてからは、いよいよ都を遠く離れてしまったと、何を見てもわびしくて、今はただ、この幼い姫君を主《あるじ》と思ってひたすら大切にお仕えしていました。

夫の少弐は五年の任期を終えて、京へ帰ろうとしていましたが、律義一方の人柄なので、大国の受領という立場にありながらおよそ世渡りが下手で、とりたてて裕福にもならず、ぐずぐずしているうちに病気になりました。重病の床でも、十歳ばかりになった姫君のことだけを心配して、なんとかして京へお連れして、

御父上にも知らせ、御運の開けるようにはからえと、三人の息子たちに遺言して彼《か》の地で亡くなってしまいました。

どなたの子とも誰にも言わず、仔細《しさい》のある姫だとだけ世間には言い、表向きは少弐の孫として大切に育てていたので、急に夫に死なれて、わたくしはこの上もなく心細く、早く京へ帰りたいと気ばかりあせりながら思うにまかせませんでした。

育つにつれて姫君は母上の夕顔のお方に似て、それに父上の貴い血が加わって気品があり、いいようもなく美しく可愛らしくて、性質もおっとりして申し分なくていらっしゃいます。いつとなく評判になり、好色な田舎人が想いをかけ、恋文《ぶみ》が、ずいぶんと送られてくるようになりました。よくもまあと思われる身の程知らずの男から懸想《けそう》されるのもけがらわしく、わたくしも子供たちもそういう手合いは相手にしません。面倒なので、

『器量はまあまあ人並ですが、ひどい不具のところがあるので、結婚はさせず、尼にして、わたくしの生きている限りは面倒をみてやるつもりです』

と言いふらしたところ、その噂がぱっと広まって、不具あつかいされるのも口《くち》惜《お》しく、神仏に願かけをして、なんとかして京に上り、父君にお逢いできますようにと、いっそう祈りつづけていました。

そのうち娘や息子たちは、それぞれ筑紫で結婚の相手もみつかり、いよいよその地に根をおろしてしまいました。京はいよいよ遠くなり、姫君は物心がつくにつれ、世をはかなみ、年に三度の長精進をなさったりされます。

早くも二十《はたち》ばかりになり、こんな田舎ではもったいないほどの美しさになられました。相変わらず姫君の美貌の噂に、求婚者は後をたたないのです。

中でも大宰府の大夫監《たいふのげん》という者は、肥後《ひご》一帯では声望もあり一族もみな栄えていました。武骨な武士の心に、好色心《すきごころ》もあって、器量のよい女を次々集めて、自分のものにしようという野心を持っていました。姫君の噂を聞き、

『どんなひどい不具でも、自分がお世話しよう』

と、熱心に申しこんでくるのです。わたくしはひたすら尼にするからと断ってきましたが、監《げん》はいよいよ熱心になり、肥後から肥前《ひぜん》まで自分でやってきました。

わたくしの息子三人を呼び寄せ、

『自分の味方になってくれ。姫が自分のものになったら、お前たちと力を合わせて一緒にやろう』

と、持ちかけたところ、三人のうち二人の息子はすっかり監の味方についてしまいました。

『大夫監はわれわれの後ろ楯《だて》として頼み甲斐《がい》のある男です。敵にまわすと、とて

もここにはいられません。姫は貴いお血筋といったところで、現実には親に捨てられたあわれなお立場です。大夫監にこれほど想われるのも、何かの因縁でしょう。大夫監と結婚なさるのが何よりです。もし断れば姫君もわれわれもどんな目にあうかわかりません』

と、おどしにかかります。わたくしが困りきって長男の豊後介に相談すると、

『父上の遺言もあることだし、なんとかして姫君を京へお連れ申しあげよう』

と言います。

そのうち、大夫監が次男の案内で押しかけてきました。三十ばかりの背の高い男で、ものものしく太っています。血色はよく、どことなく荒々しく、声はしわがれていて早口で、訛《なまり》の強い肥後弁でまくしたてるのです。

機嫌をそこねまいと、わたくしが仕方なく応対に出ました。下手な吹き出しそうな歌など気どりかえって詠《よ》みかけてきたり、后よりも大切にかしずくなど言って、とにかく思いつめている上、早くも結婚の日取りまで一方的に決めてかかるのです。わたくしは恐ろしくて、それでも、結婚の日取りだけは日がよくないと逃げて、その場はともかく大夫監に引き取ってもらいました。

その後は豊後介と相談して、なんとしても九州脱出をはかろうとしめしあわせました。監ににらまれては、とうていここでは暮らしていけないのです。豊後介

が京までついていくことになり、娘たちも、夫を捨てて姫君のお供をするといいます。昔、あてきといい、今は兵部《ひょうぶ》の君《きみ》という女房もついてきてくれ、夜ひそかに邸をぬけだし、船に乗りこみました。

わたくしの姉娘のほうは子供が大勢いて、どうしても出発できないので涙のうちに別れました。

いつ監の船が追ってくるかと思うと、波の上でも心細く、生きた心地もありません。

豊後介は可愛い妻子を足手まといになると筑紫に残してきて生き別れだし、兵部の君も、愛しあった夫に突然そむいて、逃げだして来てしまったので、とかく後ろ髪をひかれる想いに沈みがちになっているのも無理がありません。

幸い海賊にもおそわれず嵐にもあわず、とにかく無事に船旅は終わり、ようやく京へたどりつきました。

九条につてを求めて一応身を落ち着けたものの、このあたりは商人《あきんど》などの町で、身分の高い者の住む場所ではありません。

貧しげな市女《いちめ》や商人の中にまじって心細く暮らすうちに早くも秋になっていました。来し方行く末を思うにつけ心細いことは限りがありません。

豊後介も、仕事もなく茫然《ぼうぜん》と暮らしています。

連れて来た従者たちも、手づるを頼って逃げ去ったり、ひそかに筑紫へ帰ってゆく者も多いのです。

京に住みつく手だてもないのを、わたくしがいとしがり悔やみますと、豊後介は、

『なんの、わたしのことは案じてくださいますな。姫君おひとりの御身の幸せと引きかえに、どこへなりと行方もしれず消え失せましょうとも、たいしたこともありません。わたしたちがどれほど勢いのいい立場になったところで、姫君をあんな田舎者の中にほうりだしたまま、大夫監のような者に縁づけたりしたら、どんなに後悔することでしょう』

と、かえってわたくしを慰めて、

『神仏はきっと、しかるべくお導きくださって、姫君に御運を授けてくださいましょう。近くでは石清水《いわしみず》の八幡宮が、九州でもお詣りになっていた松浦《まつら》や筥崎《はこざき》と同じお社《やしろ》です。筑紫を発《た》つ時も、多くの願《がん》をお立てになりました。今こうして都に無事に帰れたのも、神仏のおかげでしょう。早くお礼詣りをなさいませ』

と言って、姫君を八幡宮にお連れしたりするのでした。

つづいて、

『み仏の中では大和の初瀬の観世音があらたかな霊験があると、日本国中はおろ

か唐土《もろこし》までひびいているそうです。まして筑紫の辺土とはいっても、わが国の中で長年お過ごしになったのですから、きっと御利益《ごりやく》をお恵みくださいましょう』と言って、初瀬詣でにお連れしてきたのでした。願をかけてのお詣りなので、殊更に徒歩《かち》で行くことに決めました。姫君は慣れないことで、足弱でずいぶんお辛そうで見るのもおいたわしいことでした。それでも必死に歩きつづけ、辛さを耐えしのんでいらっしゃいます。

足の裏はまりのように腫れ皮膚が破れ、爪ははがれ、息も絶え絶えになって、もう一歩も進めないと力尽きてしまわれることもたびたびでした。豊後介がお可哀そうにと思いながらも涙をのんで、姫君をはげましつづけました。

『なんの因果でこんな辛い目ばかりにあうのだろう。母上さま、この世においでにならないでも、わたしを可哀そうとお思いなら、どうぞそちらへ連れていってくださいまし。もしまた、どこかに長らえていらっしゃるなら、どうぞお顔を見せてくださいまし』

道端にやすむ間もお手を合わせ、涙ながらに祈られるのを洩れ聞いて、お供の者も泣かずにはいられません。

椿市にたどり着いたのは、京を出て、四日めの夕方でした。姫君はもう歩くどころではなく、疲れ果てて病人のように倒れていらっしゃったのです。

まさかそこで、あなたにお目にかかろうとは……やはり神仏はいらっしゃるのですね」

乳母は長い物語を、たどたどしくしたあげく、声をつまらせて泣きました。話の途中でも、思いにせきあげて、しばらくは言葉も出ないのでした。

姫君は自分の過去が物語られるのを、いかにも恥ずかしそうに背をむけてひっそり聴いていらっしゃいます。

「数ならぬ身のわたくしですが、さいわい光君さまの御前近く召し使われておりますので、ものの折々には、夕顔さまの忘れ形見の姫君はどうあそばしただろうと申しあげるのを、お聞きになって、お心にかけていてくださいます。自分もどうにかして探したいと思っているから、何か噂でも耳にしたらすぐ知らせよと、かねがね申しつかっております」

と言うと、乳母は、

「いくら光君さまが太政大臣で御立派でいられても、姫君の実の父君は内大臣ですから、内大臣にお知らせしてください」

などと言います。こうなってはわたくしも、あの辛かった日の出来事も残りなくすっかり乳母に話し、

「そんなわけで尋常でないお亡くなり方をなさったこともあって、光君さまは格

別夕顔のお方をいとおしくお思いになり、ほんとに忘れがたく悲しい御縁だと思っていらっしゃるのです。ですから、亡くなったお方の代わりに、姫君を親代わりになってお世話申そうと考えていらっしゃいます。御子さまも少ないので、その当時から、実子を探し出したように世間には思わせようとおっしゃっておいででした。

あの当時は、わたくしも考えが幼稚だった上に、何かにつけ気おくればかりしていた年頃でしたので、お訪ねしてお知らせもようしないでおりますうちに、御主人が少弐になられたとのことは、人がお呼びする名で知りました。赴任のお暇乞《いとまご》いに、御主人さまが二条の光君さまのお邸にいらっしゃった時、ちらりとお姿をお見かけしたのですが、秘密を抱いているので気おくれがして、ようお話しも申しあげず、そのままになってしまいました。

それでも姫君は、あの昔の五条の夕顔さまの家にお残し申されたこととばかり思っていました。それがまあ、滅相もない。田舎人になって、埋もれておしまいになったかもしれないなんて……」

など、親身に話しあいながら、終日、物語の間には念仏を申して暮らしました。

そこは参詣する人々の姿なども見下ろされる場所で、前を流れるのは初瀬川という川でした。

わたくしが、
「ふたもとの杉のたちどをたづねずは
　ふる川のべに君をみましや
お祈りした甲斐があって、やっとお会いできました」
と申しあげると、姫君は、
「初瀬川はやくのことは知らねども
　今日の逢ふ瀬に身さへながれぬ」
と言って、しおらしく泣いていらっしゃる御様子は、まことにお上品で美しいのです。御容貌やお姿がどんなに美しくても、御様子が田舎びて、野暮ったくいらっしゃったら珠《たま》に瑕《きず》と思われるでしょう。それにしても、よくまあこんなに立派に申し分なくお育てになったものよと、乳母やその娘たちに、つくづくお礼を申したい気持でした。
亡くなった母上は、どちらかというと、たいそう若々しくおっとりとして、いかにも素直で、やさしい、やわらかいお方だったけれど、この姫君は、けだかくて、立居振舞いなども、自然にそなわった気品があり、こちらが恥ずかしいほど奥ゆかしくお見えになります。
日が暮れると、またお寺に上り、次の日も一日中勤行いたしました。

松風が谷底から吹き上がってきてたいそう肌寒く、物想うことの多い一行は、心にしみて、さまざまな想いにとらわれています。

乳母は、姫君が人並の暮らしをなさるのも絶望的かと思いかけていたところへ、わたくしが、内大臣さまは、あちこちにおつくりになったさしたることもない御子たちまで、それぞれに取りたててお育てになっていると申しあげたので、それなら姫君も……と、行く末に望みがみえてきて、誰の顔も明るく元気になってきたようです。

お寺から帰る時も、今度こそお互いはぐれてしまわぬよう、住所を知らせあいました。

わたくしは六条院の近くに住み、姫君の一行は九条の宿ということですから、あまり遠くなく、連絡にも都合がよいと喜びあいました。

この後は一刻も早く光君さまにこのことを御報告したくて、心がはやるばかりです。

解説

連城三紀彦

本著は、『源氏物語』のすぐれた現代語への意訳だが、同時にオリジナルのおもしろい読み物にもなっていて、〝源氏物語〟らしさのまま〝瀬戸内さん〟らしさがあって、そのどちらもの代表作になっている。

五巻をほぼ一昼夜で読めてしまえる面白さに、僕は訳という言葉よりも〝演出〟という語を思い浮かべた。これはすぐれた演出家の手でドラマ化された『源氏物語』ではないのかと——残念ながら、『源氏』の映像化はこれまで、一、二の例外はあるが概して成功していない。映像化作品を見ると、『源氏』のストーリーは、男と女たちがそれぞれの季節の美しさを愛《め》でながらくっついたり離れたりをくりかえすだけで、ストーリー自体には特別なドラマが仕掛けられていないのがよくわかる。

〝物語〟とドラマは違う。『源氏』のドラマは行間に隠されているのであって、この行間を映像化してくれないとドラマ不在のただの絵巻物になってしまう。

瀬戸内さんは、『源氏』のもつ〝物語〟の視点を女たちの内側の視点に据えかえることで、行間に潜んでいた女たちの心理ドラマを引っ張りだしている。瀬戸内さんの筆を得て、『源氏物語』の〝物語〟は初めて〝ドラマ〟になった……大袈裟《おおげさ》でなく、長い間、『源氏』の映像化の成功を願ってきた僕にはこれが初めての成功したドラマ化のようにすら思えたのだった。『源氏』の行間がわかりやすく絵解きされ、女たちの心理がドラマとともに『源氏』らしい絵巻物の美しさをも織りなしている、その点もふくめて……。

『源氏物語』は行間の空白……文字のない余白が生命の作品である。谷崎《たにざき》源氏などはその行間をいかに原本のまま美しく白く残すか、そのことに腐心していて、行間の白さを少しも汚すことなく現代語訳してみせた点が何よりの成功と思われるのだが、『源氏物語』を味わい深い、おもしろい読み物として読んだ素人の僕は〝でも、文字を現代語訳して見せるのなら、なぜ行間までも現代語訳してみせないのか〟という稚《いわけ》ない疑問をもった。

『源氏物語』は、千年という時代の流れの末に、その欠陥や不自然さまでが〝文学〟になってしまったのではないかと、素人はそう考えてしまう。ラストの未完、その未完ののちに続く永遠の時間の流れがすべての欠点をのみ込んでしまうことは間違いないのだが、今でも時に読み返して小説としての不自然さにところどころ引っ掛かり、首を傾《かし》げてしまう。

近代小説が、『源氏物語』の行間に隠されたものにメスを入れることから出発したのなら、『女人源氏』はその行間に踏みこみ、その空白をこそ現代語訳してみせ、原本の『源氏物語』を、より自然な現代小説として再生し、よりおもしろい心理ドラマに演出し直している。

古典文学の聖域だったはずのその行間や余白に、『女人源氏』が土足で踏みこんだという印象をいっさい与えないのは、瀬戸内さんの『源氏』への共感が本物だからだと思う。

反発——それもある。

反発は『源氏物語』そのものにではなく、『源氏』を産みだした時代、女たちが御簾《みす》と十二単衣《ひとえ》の奥深くに体も心も隠さなければならなかった時代へのそれで、瀬戸内さんは小気味いいほど大胆に、自然に、現代作家の自信に溢《あふ》れた手で御簾をあげ、十二単衣を……厚い時代の鎧《よろい》を剝ぎとっている。かの子を雷鳥《らいちょう》を田村《たむら》俊子《としこ》を——閉ざされた時代に、開放された生を激しく生きた女たちを自分の生として小説の形で演出し直してみせた瀬戸内さんの面目が、『源氏』の女たちに時代が厚い衣とともに着せた嘘《うそ》を赦《ゆる》さなかったのではないだろうか。

瀬戸内さんは非常に無邪気に腹をたてる人……らしい。その邪気のない楽しむような反発の手で、瀬戸内さんは時代が『源氏』の女たちに——紫式部《むらさきしきぶ》の筆に御仕着せした嘘を剝ぎとっているのだ。

そう、共感だけでなく確かに〝反発〟もある、僕にはそう思える。

共感は、『源氏物語』らしさとなって、この『女人源氏』を『源氏』の入門書——入口にしているし、反発は、『瀬戸内さん』らしさとなって『源氏』の一つの決算——出口にしている。共感はこの作品を『源氏物語』の訳にし、反発は『女人』の二字をつけ加えてこれを瀬戸内さんの小説にしている。

瀬戸内さんが二人いることは、もちろん知っていた。「晴美」名と「寂聴」名と——。

そして多くの人と同じように「晴美」名の瀬戸内さんを〝女〟「寂聴」名の瀬戸内さんを落飾《らくしょく》とともに女を卒業した〝人〟と、単純に分けて考えていた。入口と出口というなら「晴美さん」は女の入口にまだ生身の若さで立っており、「寂聴さん」は女を清算した出口に立っている——と。

実際にはそう単純に分けられないだろう。

仕事で数回会わせてもらった印象では瀬戸内さんは、女というより少女に近い。

『源氏物語』でいうなら若紫《わかむらさき》か女三《おんなさん》の宮《みや》、そのあたりの無邪気さで〝女〟を楽しんでいるといった印象で……女としての波風多い人生を生きてきたのは確かだが、その無心なほどの笑顔を見ていると、僕には瀬戸内さんが現実以上に自分の書いた数々の小説の中でもっと濃密に……色濃く密度高く、女を生きぬいてきた人なのだと、瀬戸内さんが作家である以上当たり前のことなのだが、改めてそう感じる。

これはすでに一度、雑誌「すばる」に書いたことだが、瀬戸内さんは女である以上に女を大きな才能としてもった作家なのだ、そう思う。そして女としての実人生の末に落飾があったのなら、数々の小説の中で女を生きぬいた瀬戸内さんの作家人生の、出口のような一つの到達点にこの『女人源氏』がある。

この第二巻は、光源氏《ひかるげんじ》の須磨《すま》流罪という横糸に、藤壺《ふじつぼ》、紫の上、六条御息所《ろくじようのみやすどころ》、明石《あかし》ら主要な女たちがそれぞれの思いをそれぞれの色の縦糸でからみつかせ、早くもクライマックスを迎えたかのように華麗に心理ドラマが織りなされていく。〝須磨〟という『源氏物語』のアキレス腱《けん》のような退屈な箇所が、視点を女たちに変えるとこうも面白いドラマのエネルギーを放出するのに驚く。

そしてこの第二巻あたりから、一巻ではまだ『源氏』の登場人物たちが千年の時の流れを越えて瀬戸内さんの体にとりつき語っていたような声が、少しずつ瀬戸内さん自身の声となって聞こえてくる……。

瀬戸内さんの中に棲《す》みついた様々な女が朧月夜《おぼろづきよ》の声になり、明石や御息所の声になり、衣の裏の体の声を語りはじめる……。『源氏』に登場するすべての女が、自分の中に——一人の女の中に息づいていることを現代作家の目で見ぬいている。ただひとり、夕顔《ゆうがお》にだけモノローグが与えられていないが、それは夕顔が物語の虚構世界に美しさの化石となって埋もれているからで、決して現実の女の肉体の中に存在しないことを知っているからだろう。ひと昔前のエッセイで瀬戸内さんはまた女の理想のように書かれた紫の上に反発しているのだが、本著では原本同様、大きな役割を与えて肉声を語らせている。穿《うが》ちすぎた見方かもしれないが、瀬戸内さんが『寂聴』として人々から一つの理想として見られるようになって、初めて紫の上と同じ女を自分の中に見つけた気もする。

『源氏物語』の行間を縫って、女の髪のようにどこまでも切れ目なく繋《つな》がっていくモノローグはただの告白というより懺悔《ざんげ》に近いが、この第二巻あたりから同時に経文の匂いを醸しだす……。作家としての瀬戸内さんにも落飾の出口があって、髪を執拗《しつよう》にうねらせ続ける女とともに、もう一人その髪のうねりを鎮める〝人〟が現れて読経《どきよう》の声を聞かせはじめた……。

近刊に『わが性と生』という二人の瀬戸内さんが往復書簡の形で、時に反目し、時に手を結んで語り合う、ユニークで何とも楽しいエッセイ集があるが、その中で瀬戸内さんはあっけらかんと性について語りながら、（これは僕の印象だが）出家を、性を断ち切った生と考えるのではなく、性を生に融和させる形でとらえている――。

それはよりいっそうこの『女人源氏』にはっきりと感じとれるもので……女たちは性と生、感情と理性、女と人の間を揺れ動きながら、出家後も死を迎えた後も、女であることを断ち切ることなく、悟りの中で性と生を縒《よ》りあわせ、そこに生まれた新たな生を生き継いでいくかのようだ……。女たちの声の流れは時の流れとなり、死を越えて流れつづけていく……。いわば瀬戸内さんが女の肌に書きつけた経文であって、『女人源氏物語』の〝女人〟の二字は〝女である人〟同時に〝人である女〟とも僕には読める気がする。

『源氏物語』はドラマの未完の後に永遠の時の流れを産みだしているが、『女人源氏』の女たちも死という完結を迎えながらなおも未完で……生という時の流れを生きつづけていく……。『源氏物語』に流れる永遠の時間を、瀬戸内さんは一人の女の体の中に流れる永遠の時間として訳し直しているのだ。

『源氏物語』の行間を、女の中の生と性の狭間《はざま》という新たな行間に訳し直し、

〝物語〟の未完を女の生と性の未完に訳し直し、新たな余白と余情を産みだしている……。

もう一度断りたいが、この『女人源氏』は易しく華やかに絵解きされたおもしろい読み物である。風景描写や季節感の美しさは『源氏物語』の匂いをそのままに伝えている。

〝らしさ〟という点で、確かに『源氏』の現代語への名訳だが——それ以上に『女人』の二字に大きな意味を秘めて、これは瀬戸内さんという作家の大きな小説になっている。

（れんじょう・みきひこ　作家）

※一九九二年刊、集英社文庫より再録

決定版解説

江國香織

寂聴さんが亡くなって、もうすぐ二年になる。全然ピンとこない。それはたぶん私がご無沙汰ばかりしていて、何年も何年も何の連絡もせずにいて、それでももちろん寂聴さんは寂庵《じやくあん》にいて、電話をかければ「あらー、香織ちゃん？」とあの高くあかるい声で応えてくださり、「いつ来るの？　何日はどう？　早くいらっしゃい」と言ってくださる、という状況に甘えていたせいだろう。寂聴さんはいなくなったりしない、なぜならば、寂聴さんだから。そんなふうに思っていた。

この人は年を取らないのかもしれない。お会いするたびに、私はそう疑った。八十歳を超えてからも、赤ちゃんみたいにきれいな肌をされていた。少女みたいにあどけない顔で笑った。もう随分前になるが、かつて寂庵の前を流れていた川のそばで、夕暮れにホタルをつかまえて見せてくださったことがあった。きゃあきゃあではなくぴやぴやと聞こえる笑い声を立てながら、素手で何匹もつかまえ、涼しげな絽《ろ》の着物の袂《たもと》に入れて光らせて見せてくれた。草履ばきなのにぴょんぴょん跳ねてつかまえるので、運動神経のいい人なんだなと思ったことを憶《おぼ》えている。あの夕暮れの光景など、いま思い返すと源氏物語の一場面みたいだ。寂聴さんはおそろしく記憶力がよくて、あの人があぁ言ったとか、この人がこう言ったとか、文壇周辺のエピソードを、昔のものから最新のものまでおもしろおかしく（ときにぷんぷん怒りながら）披露してくださるのだったが、考えてみれば、夜遅くまで噂話《うわさばなし》に興じるというのもまた、きわめて源氏物語的なことだ。

今回『女人源氏物語』をひさしぶりに読み返して、その自由闊達《じゆうかったつ》な筆さばきと大胆な踏み込み方に私は驚愕《きょうがく》したのだが、それはあらためて驚愕したというより、新しく驚愕したという方が近い。かつて読んだときの私が読者として未熟だったということももちろんあるだろうけれども、それだけではなく、『女人源氏物語』というこの本の自由さや大胆さは、それが書かれた一九八〇年代によりもいまという時代においての方がよりまぶしく強烈に感じられる気がする。社会がさまざまな点で保守的になり、窮屈が普通になりつつあるからだろうか。

ここにでてくるたくさんの女たちの声のビビッドさはどうだろう。そもそもは平安時代に書かれた書物の登場人物たちを、こうまで肉感的に、身近に（ほとんど親しみやすくと言っていいほど身近に）現出させるなんてアヴァンギャルドだ。

寂聴さんが、この女性たちすべてに一人ずつ心を寄せて書かれていることがわかる。おそろしいまでにのめり込まれたのだろうことも。

寂聴さんは「いい男」というものがお好きだった。役者でも歌手でも作家でも編集者でも、「それがいい男なのよ」とか、「あら、いい男じゃないの」とか、よくおっしゃった。光源氏《ひかるげんじ》についても、「それはもういい男よ、きれいだしね、ともかくやさしいから」と、まるで知り合いみたいにおっしゃっていたが、この本を読むと、その光源氏がかなりひどい男にも、しょうがない男にもきちんと見える。かなりひどい男やしょうがない男は、いい男とすこしも矛盾しないのだ。女たちの懊悩《おうのう》やため息や、歓喜や恍惚《こうこつ》、涙や愚痴がそれを証《あか》している。

平安時代を生きた人たちがもうこの世にいないのとおなじように、寂聴さんもこの世からいなくなってしまった。最後にお会いしたとき、「死ぬのはちっとも恐《こわ》くないの。だってね、私が死んだらね、三途《さんず》の川の向うにね、私の会いたい人たちがみいんな、一列にならんで待ってるの」とたのしそうにおっしゃったことを憶えている。みんなが一列にならんでいたら、いろいろと不都合も生じるのではないかと私は余計な心配をしたのだが、常人ならいざ知らず、寂聴さんなのだからそんな心配は無用だっただろうといまは思う。昔、ホタルをつかまえてくださったときとおなじくらい軽快な足どりで川向うに飛び移り、なつかしい人たちとにぎやかな再会を果されたことだろう。と書いて思いだした。寂聴さんは最晩年まで精力的に小説を書かれていたが、そのなかにすばらしい短編があった。寂聴さん自身と思われる主人公があの世に行く話で、それだけでもびっくりするが、ユーモラスであっけらかんとしているのにしみじみ胸に迫るもののあるその小説のなかで、寂聴さんはなんと飛行機に乗ってあの世に移動するのだ。目的地に着陸したあと、早く飛行機から降りるよう、不機嫌なフライトアテンダントに急《せ》かされた、というようなおもしろい描写まであった。飛行機！！！

ということは、一列にならんで待っている人々の目の前で、寂聴さんは優雅にタラップを降りたのかもしれない。もしそうなら、そんな奇抜な登場のしかたをして、なつかしい人々を驚かせられたことがうれしくて、手をたたいて足踏みまでして笑ったに違いない。いたずらを成功させた子供みたいに。

（えくに・かおり　作家）

本書は、一九九二年九月、集英社文庫より刊行された
『女人源氏物語　第二巻』を『決定版　女人源氏物語
二』と改題し、再編集しました。

単行本　一九八八年十一月　小学館刊

本文デザイン／アルビレオ

集英社文庫 目録（日本文学）

集英社文庫　目録（日本文学）

高嶋哲夫　東京大洪水
高嶋哲夫　震災キャラバン
高嶋哲夫　いじめへの反旗
高嶋哲夫　交錯捜査　沖縄コンフィデンシャル
高嶋哲夫　ブルードラゴン　沖縄コンフィデンシャル
高嶋哲夫　富士山噴火
高嶋哲夫　楽園の涙　沖縄コンフィデンシャル
高嶋哲夫　レキオスの生きる道　沖縄コンフィデンシャル
高嶋哲夫　バクテリア・ハザード
高杉良　管理職降格
高杉良　小説　会社再建
高杉良　欲望産業(上)(下)
高瀬隼子　犬のかたちをしているもの
高梨愉人　二度目の過去は君のいない未来
高野秀行　幻獣ムベンベを追え
高野秀行　巨流アマゾンを遡《さかのぼ》れ

高野秀行　ワセダ三畳青春記
高野秀行　怪しいシンドバッド
高野秀行　異国トーキョー漂流記
高野秀行　ミャンマーの柳生一族
高野秀行　アヘン王国潜入記
高野秀行　怪魚ウモッカ格闘記　インドへの道
高野秀行　神に頼って走れ！　自転車爆走日本南下旅日記
高野秀行　アジア新聞屋台村
高野秀行　腰痛探検家
高野秀行　辺境中毒！
高野秀行　世にも奇妙なマラソン大会
高野秀行　またやぶけの夕焼け
高野秀行　未来国家ブータン
高野秀行　謎の独立国家ソマリランド　そして海賊国家プントランドと戦国南部ソマリア
高野秀行　恋するソマリア
高野秀行／清水克行　世界の辺境とハードボイルド室町時代

高野秀行／清水克行　辺境の怪書、歴史の驚書、ハードボイルド読書合戦
高野麻衣　F　ショパンとリスト
高橋一清　編集者魂　私の出会った芥川賞・直木賞作家たち
高橋克彦　完四郎広目手控
高橋克彦　天狗殺し　完四郎広目手控Ⅱ
高橋克彦　いじん幽霊　完四郎広目手控Ⅲ
高橋克彦　文明怪化　完四郎広目手控Ⅳ
高橋克彦　不惑剣　完四郎広目手控Ⅴ
高橋源一郎　ミヤザワケンジ・グレーテストヒッツ
高橋源一郎　競馬漂流記　では、また、世界のどこかの観客席で
高橋源一郎　銀河鉄道の彼方に
高橋千劔破　江戸の旅人　大名から逃亡者まで30人の旅
高橋三千綱　和三郎江戸修行　脱藩
高橋三千綱　和三郎江戸修行　開眼
高橋三千綱　和三郎江戸修行　愛憐
高橋三千綱　和三郎江戸修行　激烈